生活是甜蜜

李　維菁

lf 文学森林 Literary Forest

目次 contents

（推薦）

鍾曉陽談李維菁

從她第一部書起我們便知道李維菁能寫，現在我們知道她能創造一整個世界。在新作裡，對時代、對時人時物有著敏銳觸覺的她，回溯至上世紀末，重現她青春成長期的台北，細細勾勒出一女子的跌宕半生。寫純真與世故，寫追求與傷害，寫人生百味也寫集體回憶。不論我們打開這書時是帶著甚麼樣的預期，「少女學」是否未完？或徐錦文是不是另一個許涼涼？可以確定的是，在這裡可以看到李維菁站在另一高度上的實力展示。

※

隨便從哪句哪行看起都會一直追看。你完全感覺到文字背後，那有著瀑布之勢的強大豐沛想像力與創作力，讓你也想用澎湃的心情去迎接它。

※

我深深被裡面的異想色彩的部分吸引。有時夾在敘事裡、有時用隨想方式呈現，裡面會談到原始人類、巫師、遠古怪獸、神話人物、日本卡通人物、公主王子、歌星明星、流行樂隊、成名藝術家與時裝設計師——都是些大眾記憶裡具有代表性的族群或人物或形象，可湊合出一個諸神國般的世界。我想像那載著徐錦文一站一站穿過耶誕夜台北市的列車其實是穿過這片國土的，開向過去未來渾成一片的時空。黛安娜王妃與徐錦文目光對上是當中難忘的一幕。每個這些故事或段落是個折射主題的碎片，統合起來是個整體但不是全部，讀者的想像和詮釋才是那不斷發大的全部。

※

李維菁的筆底世界是個失樂園，卻並不暗淡，反而有種造物方七日的亮麗刺激。那清醒犀利的洞察力是成人的，卻又有種透過孩童之眼觀物的新鮮好奇。純真與世故是這裡面的兩面鏡子，明暗相映。

（鍾曉陽，小說家，著有《哀傷紀》、《停車暫借問》等書。）

01

錦文，倒著行走

她站在他身後，默默聽他說話，原本渙散的精神逐漸收束，心智從四面八方回到兩眉之間。她覺得這世界讓人疲累，怎麼連一頓飯的安穩也沒。沒辦法，這次買賣不成，仁義也不在了。

「說起來這位徐錦文小姐什麼都好，模樣好，氣質好，不過我想我和她是沒辦法的。她年紀大了點，其他條件什麼的我倒是中意的。」那男人想要安慰介紹人似的：「不過沒關係吧，就算不和徐小姐交往，我想多認識個朋友也無妨，大姊妳這麼熱心，可別在意，妳懂我意思懂我意思吧？」

徐錦文在化妝室整理完回桌，聽到那男人跟大姊挑肉似的秤斤論兩，她一離座就急著在她背後宣告這筆買賣不成。話說到一半男人警覺徐錦文已站在他身後，可能剛剛的話都聽了大半。介紹人有點尷尬，想解套臨時卻一句話也想不出半來。倒是這頭頂微禿的矮小男人，轉頭大方地對錦文點點頭，一副對事不對人，理直氣壯。

錦文拉開椅子坐下，露出她年輕時迷倒眾生的微笑，她非常知道自己哪個角度好看。

「施先生人真風趣。」錦文還笑著眼神就銳利了，視線刻意從男人的頭頂慢慢滑下他的臉，又慢慢往下掃視男人一身穿著，緩緩重回他的眼睛與男人對視。

她笑得更深了：「施先生與我行不通哪，這原因，對我這邊來說，倒與施先生的年紀一點關係都沒有哪！」

她靜靜地看著男人與大姊，默默讀著秒數，看著兩人從沒聽懂到終於明白的表情變化。

在藝術圈久了，她就算什麼都沒學會，也一定學會了用品味的勢利來打人耳光的本事，這招狠打那些渴望風雅的人特別殘忍。

那男人結帳後也不提要送她或大姊，逕自取了他的雙門跑車走了。改良式唐裝配上賓士雙門，嘖，真有他的。

真有本事的，在耶誕夜吃相親飯，模仿年輕人過耶誕夜。大姊是這樣說的，這男人收藏藝術品，有點經濟基礎，幽默風趣，離婚，年紀剛好，五十五配妳四十七，妳又是搞藝術的，不愁沒話聊。

老來有人作伴還是好的，大姊這麼說。

大姊原是委託她買畫的客戶，時間久了也有了情誼。那天大姊滑手機讓錦文看剛出生的金孫，紅紅皺皺的臉像隻小老鼠，大姊說要買房子送給媳婦當作生產的犒賞。大姊鬆鬆的髮髻向後挽起，露出長長的耳朵及耳垂上的翠綠耳墜。難得上了年紀的女人有錢又有福，年輕上演了幾齣後宮爭奪中殿的戲碼，此時卻仍有慈柔。

這時候大姊潤潤唇，說起了相親的事。

年末歲弛，天冷，她沒反駁，男女之事，她知道不生期待也不要把希望往外推。

她人生繞路，走得彎彎曲曲，年輕時孤僻，有家的人卻過得和沒家的孤兒一樣。中年之後性子變了，不知道什麼時候開始，她從避之唯恐不及變得喜歡參加婚喪喜慶。她喜歡在這種場合看到大家族的場面，人來人往，就算紛雜爭吵她都覺得是熱熱鬧鬧。開枝散葉，她喜歡這個詞，彷彿畸零之心落地終成家園，庇蔭成澤。

她一向只喜歡當代藝術、前衛觀念，她喜歡創新的，洞見未來的，她從不喜歡別人用過的東西，喜歡自己將荒蕪賦予意義使成創見的過程。

她不喜歡古董，覺得那是舊夢鬼影附在物質之上，她覺得買古董的人特別有玩物終將喪志的癖性，抱著因循權威當作品味教養的危險。但中年後她也買了幾件老衣料玩玩，以前覺得這些老東西容易惹髒惹亂，如今她會有點幻想，那是舊朝愛憎的痕跡，附在錦織富麗之上。

物質與圖像，都是人類的神話。

錦文沒拒絕相親的提議，當然她也知道，如今同誰相遇，建立的關係都只是與命運無可無不可的妥協。開枝散葉，她輕輕吸口氣，就算真能與誰相伴，如今也沒法金玉滿堂，比較像是買個保險，減少老大傷悲的悽愴，只求欣賞敬重多過情愛，輕巧避開彼此的過去活著，這個時分的人生，誰都負擔不起情愛了。

那時她還想，那男人倒是好玩，說不定有點趣味，學年輕人過節把相親安排在耶誕晚餐。

說是收藏藝術品的，以她多年在藝術圈的經驗，她原本預期見到一個西裝男人，或者，低調休閒裝束。髮量少或灰白了，都不會讓她意外，若是臉上手背斑點叢叢，若是小腹凸出也不意外。結果，竟然來了個穿著改良式唐裝外套的丑角。當然那唐裝是貴的，黑藍外衣還見到裡頭是藍綠色襯底，不是民俗樂者或命理道士那種粗布唐裝。

她快速掃瞄男人的手錶與腰帶，確認一下，不妙。

男人嘴小唇厚，鏡片後面是細小眼睛，說自己本業法律，近年來多投資房地產，他話多且快。

她瞄一眼心裡便有底，這身打扮就知道是藝術外行人喜歡搞風雅，家裡收了不少贗品卻不信邪的那類。但她是見過場面的女人，怎樣的飯局都能和樂討喜地交朋友。

那男人與大姊說起上週到海南島打球，回來趕去南部看地。

還好他們吃的是昂貴的海鮮火鍋，食材下鍋，裝碗分小菜，這些動作都可以掩蓋錦文幾次眉心微蹙。

但那男人說完每句話就習慣性補上：「妳懂我意思嗎妳懂我意思嗎？」彷彿自己思想跑得太前面，沒人跟得上他似的。這點讓她的潔癖發作，感到煩膩。

大姊提起男人買藝術品，錦文知道大姊是作球給她，便貼心地問起他收藏些什麼。當代藝術嗎？喜歡台灣藝術家還是中國大陸或國外的？以繪畫為主嗎？當初是不是從前輩華人畫家買起？她看到他的唐裝上衣，嫣然笑說，或者，施先生收古董，喜歡器物還是書畫？

那男人談興大起，說他才不跟風，才不買那些東西，買那些東西肯定被畫商古董商剝皮，他何必付錢讓畫商及背後那些聯手炒作的老手占便宜。

「我自己看東西自己挑東西。像我這次去台南看地，在那邊還看到幾件便宜的木雕，這妳就不懂了吧。那幾件東西其實不貴，但我看著挺好，光那雕工肯定就花了不少工夫，我趁便宜買了，以後等價錢好就可以賣掉。我何必跟著別人炒作買在高點，你們這些搞藝術的，唉呀，妳自己也知道你們搞藝術的就這樣，知道我意思嗎，妳懂我意思懂我意思吧？

「我買了個碗，妳就只會問我哪個朝代的。我說，你們這些搞藝術的根本不懂我的想法，光會挑毛病，那碗以後價就不同了。」他說話時小小厚唇嘟起，卡通人物似的：「妳懂我意思吧。」

她注意到她的問題他其實什麼也沒答，只是自顧自地發表自己看法。若不是這男人無能，便是這人自以為是慣了。錦文快速估計，男人家中收的說不定是民藝品雞血石，根本不是藝術品。她瞭然這男人看東西竟然先看雕工，明明還在初學者付學費買教訓的階段，男人大概買不起瓷器，說不定還去買點生活陶。他不會想懂當代藝術，有錢打高爾夫喝紅酒，吃好餐廳當優雅，花小錢買品味圖著將來能賺些。

是誇大還是笨呢？其實也不知道哪個比較好。她瞇起眼睛想，買藝術這件事，大家幻想將來得暴利，殊不知藝術這行當，便宜的其實最貴。

這男人若繼續花錢日後便會知道這點。不過她連這也懷疑，他身上肯定有點錢，但怎麼看都是賺真正有錢人佣金的那種顧問，不是真正的有錢人，她在他身上聞不到那種氣味。

她攏攏頭髮，喝口湯回應，看來施先生喜歡近代的東西多些吧。

她聽大姊問他南部老屋漲了多少，也想去投資。

錦文一意識到自己看不起這男人，反而親切殷勤了起來，想掩蓋什麼似的。她在意場面禮貌，她喜歡優雅，給人好印象，她希望她討厭的人說起她也只有好話。

但她聽到他「妳懂我意思懂我意思吧」又來了，便站起身，說去化妝室。

她對著鏡子補妝，揉揉高跟馬靴裡的腳趾頭，透口氣。

她坐在馬桶間，翻起長裙。她的腰圍這兩年突然增大，舊長褲突然全扣不上。她捏了捏腰間的脂肪，被鬆緊帶勒出的痕跡發紅發癢。她對身體一下子煩躁了起來，不知怎地想哭想哭的。

她突然想抽菸，把什麼一口深深吸入胸膛的感覺。

一意識到脆弱煩躁她又起身，手撥了撥新染的棕紅色捲髮，再補一次口紅，抿抿嘴鼓起正氣往外走。她提醒自己今天不過多交個朋友，這年紀沒什麼得失心了。

誰知道一回桌便聽到男人那番話，她突然覺得自己心上沒了包袱，爽快拉開椅子，一口氣把她的伶俐與凌厲全發作了。

她與大姊匆匆告別，說要趕捷運。她知道原本大姊有點同情她，身為介紹人也尷尬，而她突來不留情面的話卻讓大家都下不了台。

不過今天晚上不適合再說話了，時間感覺都不對，不如改天。

頭輕輕靠上車廂玻璃，往關渡回自己的家。上車她就鬆了，這才感覺到整個晚上好累。

車過了兩站，她開始生氣，繼之心酸委屈。

原來，在外人眼裡，她就相配這種男人。

在別人眼裡，她是從正軌岔出的中年女人嗎？她是這社會多數人眼中的另類嗎？他們是不是不知道怎麼形容她這種人，這種看起來條件漂亮卻透露著古怪，沒進入人生正道、沒被納入社會生活公約的人，因此和善地稱之為充滿藝術品味嗎？在他們眼中，用藝術品味簡單概括的人的集合，就讓她與那種小丑差不多嗎？

她連忙救起險些滑落的包包，放回大腿上，這時她又煩躁起自己逐漸走樣的體型。到底人們會看不起她什麼嗎？是因為她不同還是因為她色衰？

她本來很自信地，覺得自己的人生早從碎片中黏合起來，她出了名有了自己的樣子。她本來也覺得，走到這步，一個女人連自棄的力氣也沒，畢竟人生沒有時間留給顧影自憐了。

她一路忍著，不肯發氣，覺得氣了就貶了自己。忍著忍著卻鼻酸。她想都沒想地忙亂從包包中拿出墨鏡戴上，也不管晚間捷運車廂中戴著墨鏡很奇怪，總比給人看到她掉下眼淚好。

你們搞藝術的。大姊這麼說。

你們這些搞藝術的。那穿唐裝的小丑這麼說。

呸，她氣的是她自己，這大半生，她覺得自己其實根本沒踏進藝術的門過。

她委屈憤怒的真正原因是這個。

沒有，從來就沒有。

藝術是什麼？不過是玩弄她到頭來又拋棄了她的東西。

錦文一心覺得喜歡藝術又作藝術的人是皇帝命。對藝術沒感覺的人，要他每天對著藝術品只會無聊枯燥，而對藝術有感覺的人，對形色配置比例準確感受到的興奮，沒有其他東西能夠比擬。

她研究所畢業後，寫的藝評沒地方發表，不知怎地她也沒辦法像同學那樣一起租工作室像浪人那樣地創作找地方辦展覽，就想辦法投履歷，進了藝術雜誌當採訪編輯。她每天的工作就是看藝術品，各國的藝術品，與藝術家交談。在九〇年代開始的台灣，在錢淹腳目股市上萬點的台灣，她拿少少的薪水，過她渴望的皇帝生活。

藝術是什麼？是人試圖跨越差異，渴望終至融合的嘗試。是個體與他人，過去與未來，意識與無意識，是人與上天合而為一的無盡嘗試。國族、性別、年紀、語言、背景、階級，人們一生總有那麼幾次，極度渴望突破這些殘忍且難以突破的限制，消弭疆界，與他者融合。於是人類創造一個神話，一個共享的幻覺，在這幻覺中潛入廣袤的海洋，人幻想自己是一個溫柔的泡沫，是一體的一部分。

像在愛情之中。

陷入愛情時，人會生出強大的渴望與力量，想拆散這些與生俱來背負在身的歧異與枷鎖，想要放手一搏，打破自己與愛人之間的差異。人在夜裡輾轉難眠，興奮焦躁，覺得自己有能力改變全世界，又陷入深深的沮喪。他明白嗎？要用什麼方式更準確傳達呢？那份亟欲溝通的飢渴，那份迫切想要展現自己每寸細微皺褶的激切，那種想要密合為一的欲望。

所有世上既存的形式，彷彿都無法適切表達愛情的心。

因為亟欲溝通的渴望，因為既存形式都無法準確傳達內在的複雜悸動，愛情使人有能力打破既有舊習，創造出新的表達方式，重組新的物質組合，新潮因此而生。

差異似乎是好的，人類因而有了創造的力量，成就了藝術。

但溝通本身呢？

她疲憊地覺得，溝通永遠不存在，是失效，是徒然的。

世界只是你自己的，出了己身就是他者，儘管我們幾度身處愛情與藝術的共同幻象之中，以為自己穿越了時光與疆界，曾經以為彼此融合。

股市上萬點，她和李翊騎著隨時會熄火的機車，熱天正午在城市中晃蕩，一起去買材料。他每天騎著這輛二手野狼送她回家，她老覺得自己麻煩了他，雖是戀人但她老怕麻煩久了人會生厭。她貼著他的背，覺得就這輛破車他們也可以騎到天涯海角。

他一邊騎車一邊大聲跟後座的她說話，夏日正午的日曬甚毒，但是她咧嘴大笑，哼著歌。

右轉後他們被警察攔下來。

「紅燈右轉，」警察指指燈號，還是紅燈，警察聳肩：「沒什麼好辯駁的吧！」

那時候他們倆好窮，她剛找到工作，他要當藝術家，他常常一個便當分兩餐吃。全台灣都是股票養出來的有錢人，他們卻窮到連一張罰單都會影響開銷。她剛剛的笑還沒褪，心卻逐漸從外沿縮緊了起來。

然而李翊腳一跨，身體往左傾斜，三七步地對警察嘲弄起來：「正中午天這麼熱，你們還穿長袖卡其衫，汗滴成這樣……」

兩個警察一愣，其中一個順手抹掉額頭上的汗珠。

李翊抖起腳，手一攤：「你們盡職成這樣子，要是不肯讓你開單的話，我還算是人嗎？」

兩個警察噗哧要笑又硬生生吞回去，眼裡露出漢子對漢子的激賞，開了罰單。她在他身後看著這一切，笑了起來，剛剛緊縮的心又伸展開，她為自己的男人驕傲，儘管她知道，帥氣是他的，罰單大概是她來付。

但他總是愛過她的吧，她想。

她有脆弱但遠大的心，她會做番大事，他也會做番大事。這個島嶼想必會有大榮景與大正義，他們將在發光的未來中成就自己，貢獻社會。

他們夜裡站在打烊卻亮著街燈的珠寶店外，他揉亂她的頭髮，告訴她，以後成名賺錢，他買店裡的首飾送她。她說翡翠是老女人戴的，她要鑽石與玫瑰金。街燈澄黃照著紅磚道，她聽到天使接吻時候彷彿會發出古怪的聲響。

她踮起腳尖又指著櫥窗裡的華麗銀飾胸針。這個，這個，都買給我，我都要，她說。

沒問題，李翊有不亢不卑的笑容。

他們手牽手走到下一家店，她指著櫥窗內紫色皮革編織成的籐籃提包。我還要這個，她說。

好，也買這個，他說沒問題。

旁邊是體育器材店，她看著鮮紅色骨幹的復古型腳踏車。她說，這個，買給我順便教我騎腳踏車。

他說好，手指這家店與下一家店，這個這個那個也都給妳。

他們過馬路後，她又看到一家店櫥窗是模特兒穿米白色短洋裝，又說要買。

這次李翊搖頭說不買。

她問，為什麼不買？

他說，這個太便宜了，不買。

她覺得他們不但可以一生一世，因為他們是作藝術的，人生還比別人多了顏色，姿態也比較挺拔。

未來揹在背後，掛在眼前的是過去。

一步一步踏開，以為往前走，其實只是一次一次往過去的方向行。

我們從來不明白，憋口氣，一步步往後退，便可以退進未來。

02

視肉

夸父疲殂於北澤大荒，身肉化為桃林，供後生息渴。其首脫落翰海，雙眼生變成魚，體透見骸，牝牡二尾，相纏交媾。盡日相連，終成一體，漸靜而沉於淵際，後魚化成嬰，淵河沴沴，日月輪轉。

他想他是追日的夸父，汗竭枯涸，全世界只有他在奔跑，一夫當關，最終在龜裂殘忍的土地上趴下。

他和他寶貝狗兒黑熊每天慢跑的路程，像追日。

黑熊過動，白天四處闖禍，又兇又咬家中其他狗兒，夜裡黑熊狂吠悲鳴，永無寧日。他決定帶黑熊出門消耗牠的精力，甚至，他暗暗忖度，乾脆把熊丟棄。

他騎摩托車，熊在車後側邊跟著跑，雀躍萬分，日正當中，黑熊卻完全沒有不適。

慢慢跑，緩緩行，天涯有你，就算到不了盡頭，也是美景。狗類的忠心癡傻真是難以想像。跑了兩小時之後，黑熊逐漸露出疲態，速度減慢。

他明知道，卻不肯減速，維持同樣的速度騎車。黑熊一落後總又加緊腳步，想辦法趕上。

但黑熊實在累了，索性賭氣落後，坐在路上不肯動，吐出舌頭氣喘吁吁，胸膛起伏如鼓面上下。黑熊希望他停下機車，休息一下也好。他才不管黑熊，繼續往前騎。他是這樣想的，荒郊野外，若跟不上，父子緣分索性今天了斷也好。

他終於丟掉了熊，什麼都聽不到了，這時他才偷偷回頭看。黑熊的影子成為黑色小點落在盡頭，他立刻加油門，加速往前離開，心想這次絕對徹底擺脫了牠，這次是訣別。

說也神奇，黑熊到家裡四年，與他的關係最黏最親暱。只有他餵黑熊才吃，只有他抱黑熊才肯睡，他的妻子想親近黑熊卻總無功而返。黑熊還是幼犬時期，黑色毛皮油亮發光，黑色眼睛像有自己的靈魂。他最喜歡黑熊的腳掌，小小厚實，像漂亮的肉墊，發出一種好聞的氣味。那厚實腳掌預言著黑熊很快就會長出巨大的體型，的確如此，黑熊後來長得比狼犬還要巨大結實，如森林之獸。

黑熊和他那麼好，也許就是因為那麼好，反而激起了他的恨意。他有時最想殘忍對黑熊，他對其他犬隻卻沒這種惡意。

這幾天他無法作畫，便整理庭院，打掃屋子。他在二樓搭建向外凸出的大型露台，可以眺望遠方的雲以及與雲相連的海水。打掃過後他便站在露台抽菸。

他的畫廊派人找他談，想減半經紀合約中的月付金額。連著幾次個展他的作品反應不好，收藏家質疑他氣力漸失，作品沒有神氣。而他逐漸老了，後來的評論者對他的新作也興趣缺缺。其實除了剛出道的一兩年，他沒真在意過人家怎麼看他的作品；但他在早就習慣中年之後逐漸建構起的日常安穩，畫廊才暗示要砍半他的月付，收緊他頭上的緊箍咒，他還沒談判就焦慮發作，安全感搖搖欲墜。

他沒有辦法再過年輕的日子了，不想做這城市暗夜飄盪的鬼魂。

早些年歲他將積累下來的脆弱憤怒疲累，嘔吐般傾洩在畫作，畫商藝評策展人不管懂或不懂、識貨不識貨，都能感受到那氣場之撼動人心，追著他跑。

他以為自己不甚在意，他是棄民，戴上藝術家的臉，真成了藝術家，還受到歡迎，裡頭卻有個什麼東西患得患失了。

他本以為自己不會的，他是野慣的人，怎麼會在意這些四處兜售似是而非、掉書袋賣弄文字的蛋頭。他憤怒反叛，怎麼會看得起那些穿掛名牌的畫商與貴婦。

他不討厭笨蛋，但他討厭假貨。

現在他看看自己，他受影響了，至少他膽怯了，也哀傷了。

他這才恍然大悟，這些年來他買下房子，將所有氣力整修家宅、改建工作室、栽種庭園，桃花芭蕉，還挖出一個淺淺的池塘，排水氧氣渠道全部精算，這一切都出自逃避內在對創作逐漸升高的憎惡。

他厭惡自己逃避創作是一回事，但聽到外人口中吐出貶抑的暗示，他一下子就惱怒，還有一份極其難堪的羞恥感，遠比他感嘆自己人生更為嚴肅的羞恥感。他像個習慣被追求者示愛的女人，突然間發現追求者也對別人甜言蜜語，或者突然發現，他原以為忠心耿耿的粉絲，其實只是慣性追星族，你只是她眾多追星行程表上的一個小段。

而他們竟然還膽敢在背後評議，說他快完了，專家似的。

他這一兩年也不太出門，因為每次去藝術圈的聚會他很快就會喝醉胡鬧。人們開始覺得好玩，找他喝酒吃飯就抱著看他喝醉胡鬧一邊唱歌一邊說番話的場面。那些有錢人覺得有趣，喜歡認定那是藝術家的苦悶或作態，益發喜歡找他，觀賞稀有動物似的，又仰慕又嘲弄。

他內在不穩，對自己的質疑益發嚴重，胡鬧中帶恨帶酸的氣息愈來愈重，後來還帶著一點預見老去的欲淚絕望。他的喝醉就不可愛了，也不再是熱鬧場子的興奮劑了，胡鬧老變成鬧事。

他益發悔恨，更加哀傷了。

他不出門好一陣子，鬧事一陣子，躲起來一陣子，鬧事一陣子。如今他到工作桌前，就算什麼都畫不出來，僅是發呆，這也才覺得自己一生沒浪費。他有時候躲在工作室，天將亮的時候，看見迷茫夜霧散褪，轉為清明日光，生怕剛剛酒後在畫布上創造出來的那些圖案，在他正午清醒後，很可能會大聲嘲弄他。

那日頭永遠高掛在他前方，怎麼跑就近在眼前，怎麼跑就追不上，九個太陽輪番造孽，永不落山。他拚命加快腳步，奔向紅日，想躍進火焰，燃燒殆盡，身骨銷灼魂魄飛散，同歸於盡。

他聽到後面傳出悲鳴，遙遠的一聲一聲。他既虛榮又心酸，熊竟然追上來了。惡霸黑熊追他追得如同敗犬，慘叫拖著身體還追，死也不放他走。他聽到了黑熊的哀鳴，更不願減速等黑熊，還催油門往前衝。

聲音不見了，他以為黑熊倒下去或放棄了，悄悄回頭看，竟發現黑熊不知哪來的力氣，已經追到了他車後。

前方的黃土道路因熱浪侵襲蒸煙出幻覺。太陽變成兩個，變成三個，又成四個。彷彿開天之初，他是地球上第一個棄者，也是第一個獨裁者。他曬到皮膚刺痛，隆隆鳴聲從他耳朵內部腦的中央持續放送，向外也向內，直搗中心。他發現汗是冷的，混著想哭的委屈，他對黑熊對世界的恨意與殘忍，開始有些疲軟。

拚命追著他跑的黑熊，開始哭了，他轉頭看黑熊。

黑熊的腳掌流血，路上點點延續的血漬，但是他不肯停車，他就是不想讓愛他的追上他，他要丟棄黑熊。

黑熊的眼睛與他的眼睛對到了，眼睛裡有質疑與天真，黑熊又哀哀哭了起來。他還是不停車，黑熊開始跛腳，跛腳還是想追。

黑熊終於又落後，終於消失了。

奔跑了三個小時，他終於停下機車，在日頭下點菸。他在公路上揉臉，整臉的風沙好像都滲進了他的皺紋，等下會揉進他的內臟。

他等待著黑熊。

天就要暗，流血的黑熊出現在他視線內，絕望執著地，一跛一跛地拖著腳步走向他。

渾身是傷的黑熊重新出現在路底的那一剎那，他覺得簡直像天神，比他這個獨夫還要巨大。他覺得黑熊瞭解他，黑熊的愛與忠誠與他的恨意，可以全熬煮成一鍋水澆灌大地。

他對全身髒汙破皮流血顫抖不已的黑熊說：「你確定了嗎，你真的要我嗎？」

他又抽完一根菸，把巨大的黑熊笨拙抱上機車，讓黑熊坐前座，孩子般，他們回家。

是時，天大旱，翰海枯，魚嬰露現。曝曬七日，鱗表身首四肢，乾裂剝開，猝暴灑出眼珠狀肉卵數萬粒，流散一地，蠕蠕而動，光瑩自炫。卵受日月交濡，肉漸滋長成形，狀似人肝，色豔如血，肉中之眼，波光嫵媚，收光影維生，此物古稱爹「視肉」。

魃旱過，翰海復盈，視肉浮現水面，遂向四湄漂游。身一觸岸，即通體生勁，精活靈動，無定態。自此視肉攸行於名山巨水之間，饞食華光色味，尤好窺看牝牡媾合。

他說，作藝術這行的，如同視肉，打一出生就喜形色，好淫邪，別人無感唾棄之事，我們卻因此興奮不已，通體發光；盪遊於名山巨水，乞討於幽險危難，偶在墜墮之崖，見宇宙光華，便能與山澗水氣空靈於神之中。

初始，是你在祂之中；逐漸的，祂在你之中。

他喃喃說著，藝術這國度，正如他年輕混江湖開設的破爛小酒館，每個暗夜就會湧現奇形怪狀、無家可歸的棄者，從四面八方而來，在這裡匯集。

他挺起胸膛，雙手像翅膀一樣大大張開。這國度收容遊魂鬼怪畸零之人，是他們永恆的家，天亮之前這裡有無窮盡的日月交錯，有不同於人間的時間量度，這裡是永恆，是曬了太陽就要蒸發掉的永恆。

一日，有獵人巧獲視肉，好奇而試食其肉，汁入喉舌，質美馨馥，嘆謂為奇珍。驚異之餘，見其肉脯之處，旋復生如初，更油然生怖。再看其眼漾漾靈怪，心憾此物神異，故勿敢再嚐，乃攜回獻與巫。巫聞視肉鮮緻絕倫，遂自獨食，漸為厲味所蠱，鎮日待肉復生，精神恍惚。愣愣覷肉眼之媚，終至心惛意亂，悚然揪噬視肉盡淨。

是夜，巫狂死於曠野，其身首四肢萎縮入髖部，皮厚成核，恥骨生根入地，臍部抽長勢如人腰之樹幹數丈高，再生人臂九隻，各握七色果一顆。果大如人首，呈茫光漾紅，遠觀似巨眼，近看類人胚，甚為魅詭。此樹盤之境村人視為妖境，無人敢近。

都說幾家畫廊老闆開始指導藝術家創作，人們這樣傳著，新進的年輕攝影師這麼問他。

繁星點點的夜空，大型木板橫當餐桌子，就著冷掉的秋刀魚配白酒。他說，嚴格來說，畫廊老闆並沒有指導畫家該怎麼創作。

年輕攝影師安了心，鬆了口氣。

「他們只是，付了錢給你，定期到你畫室，要看你這段時間畫好的東西。我一件件拿出來，一件件攤開給他們看。他們看了一圈，伸出手指，點點點，說這個要買那個要買這件可以那件不買，這件給我，那件不行。他們沒點的，就是他們不買的。

「我猜想人們傳的是畫廊老闆用這種方式製造出壓力，引導藝術家創作。但我也要說，創作者應該有力量對抗這種壓力。追究起來，我在意的是究竟我有沒有力量反抗這回事。」

他說，他們買了畫，找藝評人找學者、策展人寫文章，送到美術館，或是賣給比他們更有錢幾十倍的人，轉手之後就可以買賣土地與股票，一輪進出之後就可以換車買房。追上這腳步的藝術家可以轉型名流之士，孤魂野鬼終於能夠現世安穩。

「我不覺得這件事情有那麼罪惡，沒有人應該永遠鰥寡孤獨。」

那時候錦文不能接受他這麼說，她目光炯炯地盯著他，簡直指責他背棄靈魂是罪惡。她年輕時覺得賣畫的、寫評論的、搞學術的，都是用金錢、知識在霸凌創作，她忿忿不平，她不能忍受藝術家被收服變成順民。

她覺得自己和這些搞創作的鬼魂是一國的。

她幻想的電影是這樣的：孤魂野鬼，或成群遊蕩，或漂離失所，晃蕩於大街，他們最終會尋到藝術的國度。那個發著金亮之光的國度，平等而寬大，將他們這些畸零古怪孤寡之魂，收到這國度，在這裡，大家都是平等的。

她相信靈魂沒有高下，這和外面世界以金錢權勢美色計量階級的律法不同。他們這些被世界遺棄的遊魂，會被藝術熊熊之火的溫度照亮，會被雄大的臂膀圍繞包裹，這裡有平等、自由與尊嚴。

後有懷孕罪婦，村眾將之棄於此所，任其生滅，婦遂倚樹而居，食果維生。至足月，產下一子，此子吮乳三年始睜雙眼，目光如蛇，女體男身，視母為肉，遂噬母而身遽長，其狀精孿似魈，聲極高遠，巢居奇樹十三年。後引火燃樹，奔異地為巫，畫圖作術，危害人間。

她真是個純潔的小東西，一直覺得金錢、權力、知識相互餵哺，聯手婊了藝術，她要揮舞旗幟反攻。好久以後，她領悟到，會不會其實是藝術家回頭婊了金錢權力，還占了他們便宜——如果時間夠長，歷史夠長久的話。像她這樣的，不是創作者，不是供養者，當熱情被消磨之後，就會被這個國度放逐。她這種兩手空空闖進來的人，光靠飛蛾撲火的激情衝向幻象之光的女人，沒有一世榮華，也不會萬古流芳。

她這樣的女人們才是孤魂野鬼，才是被棄者。

這裡也一樣，強欺弱，弱也欺弱。這裡也有自己的生態鏈，有完整的階級制度，和外面的世界好像也沒有不同，她後來知道自己與藝術家並不是同一陣線的，這個生態中他們的位階不同。她是服務者，身心貢獻給創作者，使藝術發光發熱，使藝術品萬世流傳，他們也貢獻給收藏家，使他們花錢愉悅。

他很早就老，她很晚才長大。

他揉揉她的頭：「妳心裡住了頭野獸，要記得放牠出來遛遛，否則牠會咬妳的。」

註：本章標楷體內文引用一九九六年藝術家林鉅個展「視肉」導文。

03

哀愁踩著長影子來

一九九九年大地震發生，李翊打了電話來。他們已經分開了很久，他們是全世界最幸運的那種緣分——分手的時候彼此都不愛對方。分手時若有一方還有愛，事情就太麻煩了，這點他們真是很幸運。

不管以前怎麼愛，緣分真盡了，分開後既不會思念，也不會在街角偶遇，扎扎實實是死生不見。

至少錦文一直是這樣想的。

那場大地震簡直像末日，上下震動左右搖晃，停了又晃，晃了又轉，屋裡的吊燈打轉，安逸之人突生驚懼，地表裂成開口，吼聲向天。什麼都可以毀於一旦，猝死之前只有錯亂變形、被恐懼打擊的臉，並不會有過往雲煙跑馬燈地穿越過眼前。

「妳還好吧？」她認出是李翊的聲音，有點驚訝，但她更驚訝自己竟覺得接他電話煩，煩了又有點內疚，畢竟他是大地震發生唯一打電話來關心的人。

只是，他已經不是發生這種天災時她渴望聽到的人。

李翊已經是外人了，因此錦文希望自己表現禮貌得體，她答：「你還好嗎？地震真是嚇死人了。」

他斷然說：「我不好。」

「啊？」

「我真煩死了，什麼事情都不順，我明天要從北京先回台北一趟，瑞典和德國的展覽下半年就要開始了，我的經紀人卻完全不進入狀況。喔，妳應該還不知道我最近換了一個新的經紀人，她的國際關係與語言能力不錯，但真的還是太嫩了，什麼事情都處理不好，我快被煩死了。」錦文錯愕，繼之憤怒，這才弄清楚他打電話來並不是因為大地震，只是時間上的巧合。但是，他憑什麼覺得可以在兩人老死不往來幾年後，突然打一通電話就好像友誼長存似的和她抱怨。

舊時光來了，她想起他的習慣性抱怨，惱怒升起她壓下去，心緊了起來。對外人動氣並不優雅。

他不知道她心理，理所當然地滔滔不絕關於他對於藝術事業的憂煩，以及他對命運漂泊的無奈，一如多年以前。

「那個經紀人妳聽過嗎？妳應該不知道，這兩年聽說妳已經不在藝術圈混了。」李翊說：「我叫她先幫我把展覽合約作業弄清楚，要不然新作品的預算條件弄不清楚，我完全動不了。北京這邊的工作室什麼都需要花費，我覺得我做不下去了，一身的債，什麼都動不了，賣掉的作品也收不到款。」

錦文突然弄清楚當時她覺得自己一點也不愛他了的原因。她覺得是為了自保，如果他們沒有分開，她這一生都會成為藝術家的助理，一個男人抱怨憂煩的容器，她會因為他永不停歇的不滿足，永遠想要更好的表現更高的成就而心力交瘁。她見多了，藝術家這種人就算名利雙收也覺得自己還值得更好的，再受肯定也覺得自己還是不夠得志的怨恨。如果她和李翊真的永結同心，真的百年好合，真的天長地久，她便會泡在他的抱怨怨懟中，終至全身發皺。

她會失去自己，永遠失去自己，並且，因為他人的失落而不是因為自己的失落變醜。

其實歲月沒有改變什麼嘛，她輕輕冷冷笑了起來，他還是在抱怨。當李翊是小角色時他每天煩憂自己沒有表現的舞台，當他有了舞台他抱怨沒有更大的舞台。

她想起他飽滿的嘴唇，吐出來的都是抱怨的唾沫泡泡。

「北京上次聯展賣掉了兩件作品我現在還沒收到款，快一年了還沒有動，妳知道那個聯展吧，我叫經紀人去問，但她搞半天也是收不到。我想這地方我也待不下去了，乾脆收掉這邊的工作室，先去紐約住一陣子，我對藝術圈失望透了。」

他講了好一陣子終於意識到錦文沉默，是那種一點義氣禮貌都不帶的耐著性子，他於是又重複問了一次：「所以妳還好嗎？」

「嗯，我很好。」

「我其實在計程車上。」他又要情緒化地開始講他的事業了，這代表再聽下去她又要與他的情緒接線了。

「嗯。」她急忙出了聲，冷硬地。

「唉，」他聽出來了，「妳又何必對我這樣，我又不是壞人。」

「嗯。」

她當然知道他不是壞人，但她沒有義務要對每一個不是壞人的人良善。

她太瞭解他，暴躁不穩定的時候，他希望有善意的人傾聽，誰都好；但他竟敢挑她來聽，這麼多年後他竟然還敢挑她來聽。她有種遭到真正輕視的不悅，他如果敬重她，就會選擇老死不相聯絡。

「所以，我一直在想，我這一步到底對還是不對，換一個城市換一個基地重新開始。我不想管華人藝術圈這些是是非非，想將行政事務都委託經紀人，可她真的很嫩，我覺得很冒險。」

她拿著手機站起身來，環顧地震之後公寓內的破碎凌亂，夾著手機，走進廚房檢查，為了保險先把瓦斯總開關關起來，她回到客廳在書桌底下的雜亂中翻出軟拖鞋穿上，再走回廚房，確認沒有容器碎裂，只是鍋盆瓶罐倒塌了下來。

她打開電視，切換到新聞頻道，知道出了大事，天崩地裂。

「所以妳那邊還好嗎？」他意識到她對他的痛苦根本沒有回應，又問了一次。

「還好。」錦文順手撿起落在地上的花色椅墊：「地震，剛剛有地震。」

他不語。

「我很好，你也要好好的。」錦文這次是真誠，甚至鄭重了：「有空再聊。」

說完她把電話掛掉，她希望他知道最後一句是假話。

她反手把手機往沙發上一丟，急促繞過地上翻落的雜物走進浴室，生怕海嘯般的餘震再來一次。

她警戒地走來走去，回到沙發上坐了半晌，擔心災難未完，想要逃生又覺得乾脆死守自己的小窩比較尊嚴。她也不敢貿然開始收拾打掃，如果等下必須逃命又何必打掃。

錦文盯著電視直到天亮，才在雜亂中下決心開始整理。

說也奇怪剛剛這幾個小時她緊盯電視就完全沒想起李翊那通電話，這時突然啞然失笑。

生人了，他們真的是生人了。

不過那晚也沒有誰打電話來關心。

他們的分開，她一句話也不說，一個原因也不解釋。

不干別人的事，她多年後決定繼續吃藝術這行飯，知道不解釋的個性反而幫了她忙。不說話就不會有話可以傳，她非常清楚語言運作多麼虛偽，不就是那些學院出身的人喜歡賣弄的東西嗎？什麼詮釋與再詮釋，評論與創造性的再評論，現在甚至還有年輕一批評論者主張，藝術家的創作過程應該開放讓藝評人介入共同創作。多麼下流沒有出息的東西，沒有能力創造，卻硬要介入那個獲上帝青睞、有能力創造的人的創作過程。一群沒才華的嫉妒者。

套用這些賣弄學術名詞的壞東西的邏輯，只要自己閉嘴，她與李翊的事情就沒有文本，就不會有詮釋與評述。以這些壞東西的傲慢，一件事情不被評述過，就等於根本不曾存在過。

若不是李翊幾次酒後多言，抱怨錦文是個給人莫大壓力的女人，這件事情會被遺忘得更快，更符合錦文的美感傾向。

藝術家是被容許抱怨的人，因為抱怨久了反而合了人們浪漫幻想中為藝術受苦獻身的神祕傳奇。他們這些沒創作才分的、為人作嫁的，要守得住口。

她不說也還因為，無論如何，他是她曾經珍重的人，她要珍重他才能珍重自己的過往。她離開是因為她不愛他，也因為想守住自己，從來就不是因為憎惡。怎麼人就不懂呢，不說話不解釋不聯絡，就是厚道。

剛離開校園李翊就抱定要當藝術家闖蕩江湖的野心，她則是四處投稿，寫藝評觀察，一個字一塊錢，窮到她連出外買便當都要算，算久了就有種消磨殆盡的受困軟弱。

每天都在看藝術寫藝術，她明明覺得這些藝術品及藝術家都是她的心靈伴侶，為什麼現實中相處起來，卻老覺得自己是局外之人。不論她如何想要獻身，想要撲上那團從靈魂深處燃燒的美麗火焰，只要一靠近就莫名其妙地被彈開。

奇怪那火明明那樣熾熱，伸手去摸卻是涼冷的。

李翊有種體溫很高的存在感，她非常需要這種滾燙的高溫。

出自對未來的焦慮、對藝術的迷惘與愛恨交錯，還有持續的人生挫折感，錦文常常夢到自己全身脫光光，只穿一條廉價妓女穿的蟬翼淡綠透明蕾絲小內褲，站在台北鬧區的辦公大樓前，張惶失措，無處可去。她的陰毛卡在蕾絲交錯的細小洞縫向外扎出。

那陣子她老是哭著醒過來。

李翊很習慣女朋友沒有自信的撒賴撒嬌，他能夠體會，不只是因為疼愛女友的關係，他可能知道，他的不斷抱怨與錦文的不斷撒賴，都是因為沒有自信，處在渴望被外界認同的極度焦慮。

「我寫這些藝術文章總是心虛，看什麼藝術都沒有把握，手上什麼都沒抓住，什麼打算也沒有。縱使有什麼喜好，東看西看其實就零零碎碎不成個系統。一直寫藝術這兩個字，都像是利用藝術在自圓其說我對人生的不甘。」她慣常利用自棄來撒嬌。

「沒有天分也沒有關係，不成功也沒有關係，不一定要成功什麼的呀，不會寫也沒關係。」他揚起濃眉，他的臉有一種蠻橫與貴氣混合的漂亮東西，嗓音隆隆且風發。她就是喜歡說話大聲嗓音厚實的男人。

「跟著我就好了，天下我會去闖，妳分享我的成功就好了。」

這種大男人式的擔保，讓她的心變輕盈，作夢的小蝴蝶又開始振翅，小小翅膀振得空氣嗡嗡作響，綿綿粉粉。她原本就沒想要擔負什麼開創藝術史新頁的大責任，但她貪戀可以被籠罩在藝術的榮光之中。她有時覺得自己這種心態是占人便宜，沾男人的光，沾創造者的神聖之光。雖然她偶爾也會幻想，自己是站在時代更前面的那邊，用那端的視角，用犀利而詩性的文字也在進行創造。

可是男人說她不用這麼辛苦，他會擔起來的。他讓一切看起來理所當然。創造，超前再超前，人類共同的曖昧幻象，集體的救贖。依賴愛人，依賴創作者，創作者本來就是藝術體系的核心，其實依賴也理所當然。

她笑了，揉著哭紅的眼睛：「好，我也只想跟著你。」

錦文的焦慮並沒有離開，幾天以後她的嘴巴因為劇烈疼痛，怎樣也張不開。她像隻生病的小型貓科動物，圓睜眼睛，淚水在裡頭打轉，只能發出微弱的哼哼啊啊。

李翊捧起她的臉仔細又好奇地觀察。

錦文透過眼淚的薄薄簾幕也看著他，他的臉好大，細細長長的眼睛，好長的睫毛，左右兩道濃眉有一點不對稱。他握著她的臉的手掌既白且厚，她知道他的腳掌也如此。

「試試看張開嘴。」他用點力捏她的下巴，像對一隻動物。

她瞪眼，奮力要張嘴，但嘴唇才分開又痛得合了起來，眼淚又湧了出來。

「要命。」他咒了一聲，他每次這樣她都以為他在生她氣，她老是捉摸不到他的情緒。

他突然揣起她的手，騎上他破舊的二手野狼機車，風似的把她送進診所。

女牙醫將某種鐵鉗狀的器具硬卡進她的嘴巴，撬開她的兩片嘴唇，往裡頭看。

「妳壓力很大嗎？」牙醫問。

錦文眼睛半閉起來，因為看診燈光的關係，她搖搖頭，突然有點酸楚。

「妳的嘴巴內部破了二十三個洞，我剛剛快速算了一下，」牙醫拿鏡子給她看，她看見口腔內部凹凸不平滿滿的破洞潰爛，黏膜沒有一處完整，傷口邊緣泛白發炎，「破成這樣，難怪妳張不了嘴。」

牙醫把照著她臉的燈關掉，把看診椅調回錦文可以坐直的角度。

「吃消炎藥，這是我唯一能為妳做的，還有，想開點。」牙醫說。

錦文覺得，李翊那樣子霸道用力、不顧一切，帶著怒意牽著她的手往前跑，好甜蜜。她的年輕藝術家守護著她。

她青春期時有次發燒，因為班上同學的人際壓力及升學的緊張，她從學校回去就倒在床上，覺得煎熬，她也分不清楚是身的還是心的。

她在床上蜷著苦著覺得虛軟，氣憤一下子上了心。她從床上一股腦兒翻下，光腳走到廚房。她的母親剛下班，夾著無線電話仍在討論公事，右手正在檢查從冷凍庫拿出來解凍的肉。

她看著母親講完電話，說：「我想我感冒了，妳帶我去看醫生。」

母親轉頭回她：「我正在忙，晚點吧。」

錦文賭氣回房，躺回床上，滾著用棉被把身體捲成一圈。

她看著玫瑰刺繡圖案的白色紗簾，傍晚的天光穿過刺繡縫隙，細細密密點點穿透。她小的時候不能出門玩，不知道為什麼家裡嚴格規定禁止錦文出門，不管是慶生會郊遊還是話劇排練都不准去。錦文除了上學就不能走出父母的視線。難以管理，這是父母的說法。

錦文羨慕同學可以相約出門，便自己站在陽台上唱歌，幻想自己是囚禁在高塔上的公主，又幻想自己是開演唱會的巨星，愈唱愈投入，愈演愈起勁。

有次他們班級假日旅遊，老師領著小學全班同學到市郊的小山野遊，錦文父母照例否決了她想要參加的提議。她家就住在那進入小山步道口的必經之處。

她週日一早就醒來，看著太陽升起，慢慢爬高，算著班上的同學已經集合，已經整隊出發。

她看著她的父親舒緩展開週日的報紙，她的母親則在整理書櫃文件。
錦文想著，班上的隊伍在中午前就會經過家裡那棟樓的下面。
她坐在靠近陽台的小沙發不動，靜靜地。
她聽到從遠處傳來的聲音：「徐錦文，徐錦文……」
然後是許多小孩子從下面遠方傳來的錯雜吼叫：「徐錦文，徐錦文，徐錦文，徐錦文……」
她立即跳起來往陽台跑，不能出門她至少可以站在陽台上對下面的隊伍揮揮手，揮揮手叫喊呼應也好。
她才起步，父親就從另一端低吼：「不准去。」
她的母親也走到客廳了。
錦文害怕得囁嚅：「我不是要出去，我只是去陽台，他們叫我……」
「不准去。」父親瞪大了眼睛。
她的母親靠在櫥櫃邊得意地看著。
「可是他們在叫我。」
「不准。」她的母親又說了一次，「妳想要心機弄得妳很可憐的樣子嗎？」
「坐回去。」父親說。

錦文站著不動，忍住眼淚。
她聽見「徐錦文，徐錦文」的聲音逐漸走遠，終於消失。
她又從棉被裡翻身出來，跳下床，走到廚房：「我感冒了，妳要不要帶我去看醫生？」
她母親從廚房繞過她走到餐廳擺盤：「我在忙，就跟妳說晚點。」
錦文又回房間躺下，低聲哭泣起來。
哭著哭著她陷入假寐，醒過來後天色比剛剛暗了些。她聽到餐廳傳來杯盤擺放調整的聲音，叮叮噹噹，烤箱拉開又關上。
她又起身拖著腳步，又賭氣走到廚房門口。她的父親已經回到家換好短袖棉衫，夾著金融雜誌走進書房。
她又開口：「我感冒了，妳帶我去看醫生吧。」
她的母親把手上的一把筷子用力扔進流理槽，回頭喝斥：「那麼喜歡看醫生，妳自己不會去！」
錦文恨恨地瞪著母親，充滿被拒的羞恥感，不過她也不是個帶種的小孩，瞪了半天還是走回房間。

晚餐的時候，她的母親把飯碗放在她面前：「要吃就吃，不吃就算了。」她老覺得這話帶著施捨的貶抑。錦文從小就覺得，這份委屈自己一輩子是跟誰也說不清了，她與富裕體面的雙親之間的關係並不是人們可以理解的。有天要是可以不靠人吃飯，該有多好，到時候，欠母親欠父親的，終究是要算清楚還乾淨。

錦文的感冒似乎也不是真的感冒，夜裡她不發冷，鼻子通了，身體裡面那份倦，就永遠留在那裡頭了。

她發燒了還是跑去找李翊，在他髒亂的床上縮著，聞著他帶著霉味的棉被，疲憊又歡天喜地。她黏人，非常黏人。

李翊工作到一段落走到床邊，低頭皺眉：「這麼大的人，知道自己發燒，不會去醫院拿個藥看醫生嗎，就這樣拖著？偏我現在在趕作品，怎麼辦？」

「只是感冒，病自己會好，多睡覺多喝水就會好。」錦文又撒嬌：「你去工作，我在旁邊睡覺就會好。」

「好啦好啦好個屁。」他拉她起床。

他一路飛車，把她押到掛號櫃台，推她進診間，看完診又把整包藥塞進她的包包。她一路頭發燙癡癡地笑，簡直得意忘形。

「我很醜。」錦文小聲說，有種義無反顧的告白，也有點試探的忐忑。

李翊沒接話，繼續把畫片塞入燈箱，左眉揚起，睨了一下她。

她也沒再繼續說，手指捲著髮尾。

她為什麼不動自己的臉呢？錦文在捷運車廂中問自己。過了四十歲之後，她花了更多金錢與時間做保養，其實大可以和她的朋友們一樣，在臉上做點微調。就算不植入什麼，也可以雷射緊膚或電波拉皮。做一次的效果抵得上她幾年晨昏定省般的塗塗抹抹與按摩推拿。

她那樣執著於美麗與外表，為什麼幾次盤算，卻始終沒去動她的臉呢？人可以選擇自己的臉自己的身體，那是真正的自由自主，不去遵從先天的遺傳限制。那是多麼偉大的意志與自覺，她始終這麼想。

她還是沒去動她的臉，她的眼睛，她的鼻子，她的法令紋，她的胸部。

她執拗地抗拒更動自己面容身體的誘惑，可能出自她某種迷信，相信真正的貴族真正的才華都是天生的。假造的、模仿的藝術品都不值錢。不造假的話，醜唯一的出路是要走在時代前面，另立一套論述，自成中心，出格成為有意義的結構。醜在此時就變成了有意義的美學，就可以回頭收服這個落在身後的世界。

然而她的力氣沒這麼大。

她無能撬動這世界的槓桿。

她其實還眷戀著有人眷戀她這張有缺陷的臉的可能。

耽美、對物質眷戀，物性與靈性的兩種極端，在她身體裡頭居住但是處不好。兩邊打仗的時候，她痛快購物，簡直想換掉一層皮似的購買，購物之後那份殺戮的狂喜，狂喜之後的出神，出神之後的恍惚，以及隨之而來深深的沮喪與罪惡感，讓她陷入自棄。

兩邊處得好的時候，彷如兩隻肥貓蜷擁入眠，占有欲與滿足感極深，那變成她犀利而纏綿的品味，得以進出藝術世界，充分感受藝術的神祕，又能拆解結構、材質，想像力與救贖與市場規畫綁在一起，這就是專業能力。

人們說不出來的，錦文有能力像用針挑一般地，將藝術的幻象解釋得細緻成理，她也可以精確地傷人而不見血。不過她本質上討厭談藝術，覺得多說無益，人們覺得她有時候天真熱情有時她倨傲冷漠。

「我為什麼喜歡妳？」李翊吸口菸吐了口雲朵出來：「妳老這樣問。我說因為妳好看，妳就會生氣難過，因為妳覺得那不是真正的妳；我說因為妳聰明，妳又會生氣難過，因為妳覺得那不是真的妳。

「基本上妳就是弄了個陷阱要妳男朋友跳，我要是真跳進去，妳就打算拿刀砍我。」

他比她想的聰明複雜，「妳別再幹這種事了！」

她想頂嘴，又回不出話，掛著欲言又止又不服輸的表情。

男人索性拉了張椅子滑到她面前。

「同樣的問題換我問妳吧，妳喜歡我什麼？」他似笑非笑：「如果我長得醜，如果我當藝術家可是一點才華也沒有，妳會喜歡我嗎？如果不會，就代表妳現在對我的愛是基於條件而不純粹嗎？」

他的臉龐出現一種異於平常嘻笑怒罵的冷靜嚴厲，他長長的睫毛柔柔穩穩地蓋著散出奇特光芒的眼睛，他的表情像是正在和異生物耐性地對話。

「妳喜歡我什麼和妳圖我什麼，這是兩回事。也許底層的補償作用很類似，但基本上這是兩個層次的問題。」她發現屌兒郎噹的李翊比她以為的深刻嚴肅，甚至，有種令人尊敬的銳利：「我喜歡妳，我想我是愛妳的，再過一段時間我可能還想娶妳，可是我不是妳媽。」

錦文牙咬得緊緊地，唾液像墨汁在嘴裡沾黏。

她呆滯地抬頭，青白燈光透著屋裡冬日的濕冷空氣，錦文覺得眼前出現黑白幾何斜紋，她聽到自己鼻子發出細細絲條狀的吸吐聲。

「話說回來，妳還滿醜的。」他滑著椅子滑到他的工作桌，又滑回床邊錦文面前，盯著她的眼睛。

她不能置信地望著她的愛人，嘴唇因驚訝而微張。

「醜吱吱呀妳。」他熄了菸，站起身。

她嚇傻了，全身發軟，看著他，動不了。

「醜吱吱呀妳醜吱吱，」他邊走向她邊重複唸著，兩隻大而白的手掌包覆住她的腦門，熱氣頓時從天頂灌入她的頭，他搓揉起她的頭髮她的腦。「醜吱吱呀醜吱吱呀醜吱吱，」他低低沉沉地不斷重複，簡直像是唱童謠哄睡似的。他的大手益發使力搓揉，把她的頭髮搓得亂七八糟。她不明就裡，張惶掙扎著抬頭看他，卻發現他滿臉笑意，寵小孩似的繼續搓她揉她的頭，嘴沒停：「醜吱吱呀醜吱吱。」

她明白他的心了，感動得想哭，他笑出了聲音。

「醜吱吱呀醜吱吱，」他一隻手繼續搓她的頭，另一隻手點她的額頭，「醜吱吱呀醜吱吱……」

她稀哩呼嚕又咯咯笑，淚水滑下臉頰。

「醜吱吱醜吱吱醜吱吱。」他兩隻大手同時鑽木取火般地搓揉她的臉。

她哼地一聲，迅速用頭頂他的腹部，使勁地扭頭頂著鑽他的肚子，轉來轉去。

他順勢把手掌滑向她的後背，輕輕地扶著摟著她。

她頂著他的腹部，兩手環住他的腰。

他總是搬家。如果年輕時候的她懂一點心理學什麼的，很容易就明白這意味著什麼。

她陪著他搬家，看他熟練俐落地把所有東西裝成兩大箱，分兩次載到新住所，再回頭輕鬆收拾落下的細軟小物，輕鬆就搞定。每遷進一個新住所，李翊只將他帶來的少數幾件舊家具與床墊定位，就等於做好了空間規畫。他換上新燈管，有種生活程式重新設定開機的興奮。

她幫著他扭抹布，擦擦弄弄，全身出了層薄汗。不管搬幾次家，她都幻想現在是預習，為未來的美麗的家預習，青春一定豔美如畫報。

燦美的片刻，假性而永恆的畫面。預演的幸福如同錦繡，細看那繡工，就可以看到繡線與布面交接之處，因為拉太緊，出現細小網洞。

她還沒弄清楚他住處的交通路線前，他又要搬家。

他搬家不到兩個月就開始抱怨「這裡不好，該搬走」，她卻還在適應新的垃圾處理方式，熱水器的溫度，想盡快把飄在空中的棉絮落定泥地。他卻一發現些許不適，對限制有一點不滿就開始不耐煩，並且早就下定決心要走人。

他不只是說說，一抱怨就火速找房，尋找下一個遷徙與落腳之處。

錦文渴望固著黏貼的強烈心理受挫，對未來的柔軟期待逐漸變得僵硬，對李翊頻繁的搬遷變化開始建立起自我保護，她要自己體認到每次新的居留都不是安定，且都不可當作未來的預演，只是暫時性的棲身。未來，要放在更遠的未來。每次李翊搬家，她都否認自己胃部產生的緊縮不安，否認自己朝向無望之處多張望了幾眼。她也開始明白，那是李翊，那就是他的命，她要跟著他就要跟隨這樣的模式，要不懼怕變化，甚至主動往變動處去。

她感到自己的無能與恐懼，害怕命運來找她麻煩。李翊雖然總在飄遊，但他是強的；她總想固著不動，卻是弱的。李翊改變自己的環境，或者，總在尋找適合自己的環境；她總是改變自己去適應環境。

他搬到山上停車場附近的屋子，打電話給她，說搬好了，就緒了，可以去看了。

她後來也不陪他找房子，反正他搬家找房子的速度之快，不太需要她的擔心參與。她到他新住處，他因熬了夜仍在睡。她在屋內巡視晃動，發現白色地磚上散著他的黑色髮絲，粗黑濃直。她從廚房拿了掃把畚箕，把他的頭髮與少少的灰塵撥進去，倒進垃圾袋。她想燒水，不過搞不太懂廚房設備，扭開水龍頭卻沒半滴水，便彎腰研究水龍頭與濾水器的連接，她又扭了扭，還是沒水，便作罷回頭，生怕惹禍。她又去開冰箱，空空的冷藏室有一罐台啤，冷凍庫也是空的。她走回原處再試試那水龍頭與濾水器，還是沒水。她踅至浴室，關上門，脫下褲子坐在冰涼的馬桶上，死白色小小石塊狀瓷磚作底，地上有一只紅色帶花的塑膠臉盆，青色水瓢和圈成一圈圈的粗壯黃色水管。她坐了好一陣子，沒有便意也沒有尿意，只好起身穿好褲子。她站在空無一物的客廳中央，分不清楚自己是無聊還是無力。山上溫度低，冷空氣從四面八方的窗縫門縫灌進屋內，但是她一點也不想進臥室，不想鑽進床內借用李翊的體溫。

她忍不住開了臥室門，床墊鋪在地上，上頭鋪了層綠色軍毯，李翊睡在上頭，身上蓋的棉被是花團錦簇的圖案，被他夾在兩腿中間。奇怪他的毛髮旺盛，腿上倒是光滑無毛的。

她怔怔忡忡，心裡什麼地方小聲說這不是她想要的，然而她又覺得他是她僅有的一切了。

她蹲在地上檢視李翊的臉，睫毛覆在浮腫的臉上。她順勢坐在床墊旁冰涼的地上，感到與這個男人相依為命的酸楚，還有，她與未來的未來，未來的未來的未來，終須一別的哀愁。

不是努力向前就會走進繁華織錦之處，她愈發認清他的反覆不定，對他的欲望就愈低。她比自己想的現實庸俗，她的欲望只能在溫暖富裕之處膨脹，但是她不能走，憐惜與義氣，李翊起碼是她的親人。

她不想叫醒他，不希望他的休息受干擾，其實也因為他要是真的醒了，她恐懼他一旦醒來，又會開始傳送他日益加重的焦慮、暴躁與抱怨。李翊比起同輩的人如今已經是受到矚目的了，但她明白他，有了點成就，還要更高的成就；有了好作品，還要更好的作品，甚至完美的作品；有了好評，還要讚嘆。

別人對他一點點的質疑都可能放大為是惡意。

那份躁動，永遠在他身體內亂竄，永不厭足，永無止境，日以繼夜。

她起身將臥室的窗戶開了小縫，從縫隙中看到停車場邊生著一株歪斜矮瘦的櫻花樹，瘦歸瘦，那樹上開的幾點紅倒是頗有韻緻神采。冷霧清影中，色色粉粉，縱有末日之哀，也是幾點清豔高華。

「冷。」他醒了，在床上伸直身體，像巨大的老虎翻身坐起。蓬亂頭髮中他嘟起的嘴唇有種小孩賭氣的癡憨。

「抓抓，幫我抓背。」他喃喃撒嬌又倒回床墊。

她笑著過去，他翻身趴著，撩起上衣。她仔細地抓他背，從肩頭上小塊小塊地抓著，逐漸往下，小塊小塊地，確保每個地方都照顧到，一直抓至他的下腰。抓完一輪，他蹬腳要賴「再抓一次」，她便又回到肩頭再抓一次，不過這次比較用力，每次抓的面積比較大。後來她索性大力地在他背上狂抓，像貓抓貓抓板似的，他的背後被她抓得滿滿一條一條通紅指痕。

「我想泡咖啡，可我不會用水。」她一邊抓一邊說。

抓完了他起身，一腳拖著鞋一腳光著，灰色體育褲滑至股間，走到廚房泡咖啡。

喝第二杯咖啡的時候，他稍微回神，說：「雖然才進來幾天，但我覺得這地方不好，還是得另外看看其他地方。」

有天晚上李翊夢到一個女人出現在這個房間裡，那女人說自己是以前的房客，還告訴他，以前她住的時候，將床放在靠窗的位置。她告訴他自己死在這房裡，但她說，他不需要擔心或害怕。

「你什麼時候夢到的？」

「上禮拜。」

「之後呢？」

「沒有。」

「是這個原因又要搬嗎？」

「不是。」他說，這地方他住進來以後就不想住，無法工作，待不下去。

李翊和錦文結伴去一位共同的女性友人家吃飯作客，小倆口在別人家裡，竟然也能說著說著就嘔起氣來。她那朋友離了婚，一人住在東區鬧街的舊公寓，改裝得頗有品味，把家裡的隔間全打掉，挑高屋頂處開了個天窗。

她想不起來他到底說了什麼惹惱她，或者是她觸怒了他，她只覺得他自尊高自信弱，情緒暴力讓她難以招架，她只好還以顏色，試圖更加暴力。後來他們不用說話，用眼神，用無視，用表情，用放杯子製造的聲響等就能惹惱對方。

她還有一種委屈與不耐，知道在這樣的組合裡結構上的根本問題：她自己不能真正在藝術上有所成就，她選擇的位置根本上就無從滿足內在那份創造的欲望，她必須等待他的成功並且順從這份成功。他的成功有時近在眼前，有時則像永遠不會來，端看他當時的自我感覺，他的殺氣騰騰，他的幽默另類。

他已經是明日之星了，照理說她的感受應該比他們初識的時候安穩，因為他已經跨出很大的一步了。但他比以前不耐煩與暴躁，她其實不願正視那個自己早已知道的答案。

她自己不發光，她必須借他身上的光來照亮自己。

這是藝術世界的結構，所有的生態組織都是圍繞著藝術的生產核心——藝術家而產生的。對這個世界來說，金錢與權力的主宰，也常常要看創造者的臉色。

因為創造者，因為藝術家身上的神祕才華，是上天選定賦予的，只有少數人擁有。人們仰慕、敬佩並且因為才華的稀少性而崇拜甚至恐懼起就在眼前的創造者。

千百年之後，只有藝術家會留下來，藝評人、策展人、收藏家、畫廊老闆、美術館館長，全都會消失，長久看來他們不過是在藝術圈內討生活的人。人們慣常疼惜憐憫藝術創作者被金錢與權力擺弄欺凌，藝術家也常因金錢與權力而諂媚低頭，但時間放久了，真的要夠久，到底誰婊了誰？千百年後誰都不在，弄權的弄錢的咬文嚼字的都會死，只有創造者存在。

而她不在那個位子上。

這點讓她發抖難安，她底層那份創造性的強烈渴望是不是一直都在，只是她害怕創造的焦慮，急急去占據一個錯的位子？她是不是底子裡頭深深嫉妒著那些占有創造者角色的人？千百個比她平庸的人都自稱是創造者是藝術家，而她活該要為人作嫁幫襯，看著他人發光連帶覺得自己的性靈也因此提升？

錦文說不出口也不肯承認的難堪與痛苦，跟愛情什麼的一點關係也沒有。是那種在生態鏈中位居弱者，自覺位階低一層的忿忿。但她愛他，她為自己的情緒深懷罪惡感，愛一個人怎麼可以如此計較。

他們在人家家裡鬥氣，女主人笑起來，泡茶送甜點放音樂，想當這對漂亮年輕人的和事佬。李翊突然放下茶杯站起身，那架勢讓錦文肩膀立即聳起，猜測他是不是要發作。不過他輕笑了說：「我出去抽根菸。」

兩個女人看他走出去，女主人開始談她研究台灣當代藝術家的作品開發衍生性商品的可能，現在的商品都粗糙土氣，不是劣質的絲巾就是根本沒人會買的馬克杯，找不到好設計師，也不敢量產，成本高又沒賣相。

錦文抓起桌上的核桃猛嚼。

他抽完菸進門，神奇地，原先僵臭臉色突然變得輕快和善，彷彿之前的嘔氣根本沒發生過。

他等到女主人的話告一段落，他逕自說他和錦文要先離開，謝謝主人的親切招待，「我們說好要去趕場電影。」

她猜他還是顧及她的顏面，終於學會些許世故圓滑，但她也預期等下兩人獨處時他的脾氣會發作，也許破口大罵，也許冷戰丟下她，自己去找朋友喝酒。

她堆出滿臉笑意地與女主人道別，隨他下樓，打開門，走到巷子中央。

「怎麼了？你真的要看電影？」她沒好氣地問。

他沒說話，轉頭看她，很男人很英俊的，滿臉是溫柔愛意，她不知所措。

「噓，等下再說，妳先別說話。」他牽起她的手，慢慢走，轉彎走出了小巷，又轉至大街，幾乎像是熱戀一般，終於走到商家燈火通明的熱鬧塵世。

他指著旁邊賣關東煮的攤子，說剛剛沒吃飽。

他的吃相爽俐乾脆，清清爽爽，若看吃相，會以為他出身富貴。

吃掉黑輪後他又伸手握住她的手：「不要吵架，我們以後都好好的，不要吵架了。」

她不明所以，但被融化得軟軟地抬頭看他。

「剛剛我上頂樓去抽菸，我本來很氣，想抽完菸就走人不管妳了。我在她家頂樓看台北市的夜景，闇黑寬闊的頂樓，台北四處都是繽紛七彩的燈與煙。抽到第二根菸時，我聽到旁邊有聲冷笑，我全身凍住了，但我以為是我聽錯了，於是撐住繼續抽菸。那個男人的冷笑聲又傳來，這次他說了話：『吵架了呀！』」

從腳底發出的冷意一路衝上了腦門，他沒應答那個冷笑的男人聲音，為了穩住某種鎮定氣勢，他硬是把手上的那根萬寶路抽完，按平常的節奏，彈了彈菸灰，並順手一丟讓菸蒂墜入萬丈紅塵。他雙手插入牛仔褲口袋，勉力耍帥屌兒啷噹地下樓，彷彿什麼也沒發生，也不曾被誰注視調侃。

他下樓進了她朋友的屋子，見到兩個女人吃牛肉乾喝茶說話，黃色溫暖的水晶燈，以及開得小小聲流水般的週日晚間電視綜藝節目，搞笑藝人在那個被限縮的螢光幕小方格內耍寶胡鬧，還有鍋爐上擺著剛剛吃剩的食物。這時他才突然腿軟，突然生出自己剛從死亡面前回到人間的虛脫，幾乎是感激似的看著女友嘔氣狐疑的臉。因此他沒拋下她走，坐了下來，把自己埋入客廳的那張單人皮沙發。

她喝關東煮的熱湯，眨著眼睛，伸手摸他的頭。

他的頭很大，大到頭圍超出市面販售的安全帽規格，常常為了買安全帽問過一家又一家店，最後拜託店員將最大尺寸的安全帽從裡頭撐大。

「反正你是做大事的人，將來會開車。」她對他點點頭。

如果連鬼神都幫忙的話，他們的緣分應該還很深，還足夠一起走好一陣子。

他們初戀愛時，李翊默默無聞，住在一處破舊農舍改建的房子。進那房子必須經過彎彎曲曲的泥石山路，小到連車子都開不進去。他的房間就兼工作室，雜亂骯髒，房裡一張上下鋪雙層床，他睡上鋪，算是勉強將睡的地方與地板上的骯髒區隔開來。

她從出生以來根本沒見過這樣的房間，大感驚奇，凌亂污穢，電線、布料、塑膠、畫冊、燈箱、調色盤、變壓器，還有吃了一半的便當，全堆在地上。

而他竟然把菸灰彈在地上。

她驚愕萬分：「你不用菸灰缸？」

他聳聳肩，揚起濃黑的眉毛：「反正沒差。」

他有時候身上連一百塊也沒有，去建築工地打工。她必須換兩班公車，壯著膽子爬坡又再下坡走進小小山路，才能到他那邊。

他傍晚回來時看見她縮在他的上鋪床上瞌睡，便先去沖了澡。換上乾淨上衣後，他把她搖醒：「我們出去走走。」

她搖頭：「林子裡一定有很多蚊子。」

他說不會，要她相信他，催促她上摩托車。

滑翔般地，他們徐緩地在林間穿梭，滑進樹叢間，又從草間躍至別墅前的草坪，從草坪拐進野路，行經雜貨鋪與牛肉麵店，彳亍花叢豔彩之中。弦樂旋律般地，弧形飛行，傍晚連接黑夜之際，濕氣與彩虹之間，壯美地被整個宇宙溫柔地托住。

「有沒有被蚊子咬？」

「沒有耶！」她興高采烈。

「就說不要擔心吧。」他說，蚊子覓食叮人有固定兩個時段，一是清晨，一是黑夜降臨之初，「不過我們該回去了，牠們這會兒要出動了。」

他端著泡麵進屋時，見到她正在抽他的菸，她模仿他，將菸灰酷酷地彈在地上。

「妳把菸灰彈在地上？」他低低厚厚地問。

「嗯，」她撒嬌，拿著菸像新買的玩具：「你不也這樣？」

他輕笑了聲，把矮凳上堆積的雜誌書刊撥開，疊到另一堆書上。

他吃了兩口泡麵：「我本來是不想說的，我以前的女朋友，雖然瘦巴巴的但能幹俐落，來我這邊一進屋就整理打掃，沒兩下就有個樣子，拚命想當賢內助。妳喜歡臥著躺著，現在可好，往地上彈菸灰。」

錦文惘然而甜蜜地傻笑，多年後她願意承認她自欺的傾向有多麼嚴重時，也露出了同樣惘然而甜蜜的笑，簡直詩意。

她不知道該怎麼形容那種感覺，她喜歡認為他們是相愛的，要不然她自我構成的某種東西會看不起她自己，會覺得自己是真正的勢利。她的心裡小小聲音敲擊她，李翊一定是個醒目的藝術家，但他不可能成為真正好的藝術家，因為他雖有才華，內在卻缺乏一份哀傷平靜的東西，那個缺乏，會讓他在走紅之後，創造出來的無法深刻下去，也會讓他在未來面對世界的荒誕怪異，沒有地方可以撤守。

當然，她也問了自己，如果李翊具備了那份特質，如果在她的評估中他能成為偉大的藝術家，她會不會就留在他身邊呢——為了融進那個偉大的藝術圖案之中，為了參與創造永恆的過程，她會不會就改變心意承擔妻子該做的，一個人承擔兩人份的焦慮，只為了抓住藝術與愛情看起來那樣相似的光芒閃爍。

她也一度覺得，自己應該能夠承擔，反正這世上不是只有藝術家的妻子才承擔這些事，男人的妻子都承擔這些。

但她更多的時候不能自主地哀愁：將身心與才能奉獻給一個人，一個比自己虛弱狂妄的人，固然令人痛苦，若是奉獻給傑出強大的人，那份不甘就會好過一些嗎？這樣的算計讓她有種背叛的罪惡感，她是那麼渴望將自己奉獻給光，奉獻給上面的什麼，想成為永垂不朽的一部分，但她卻常常胃部抽痛地計較，那是他人的永垂不朽，不是她的。

04

鳥

捷運過了好幾站，她仍在失魂中。

儘管歲月爬上臉，她的眼睛卻一直沒有變，總是泛著水似的，霧霧濛濛的，像作一場永恆的夢，又像老是處在剛哭完的迷離中。

台海危機爆發，大陸對台灣海峽試射飛彈，全民總統直選的狂熱與危機四伏的恐懼混雜，房價直落。錦文幾個美籍朋友說美國已經對他們發出危急撤僑的須知準備。錦文那時候不知哪來的勇氣，突然把身上僅有的少少存款去付了房子頭期款，買下木柵的老公寓。撐了幾年，老公寓轉手賺了點錢，她又心一狠在SARS的時候買屋，照樣是趁低價買了在關渡面海的全新公寓。朋友說她有膽識，低價投資得準，她只是覺得自己無處可去，賭氣似的下注，那成了她的壁壘。

她將公寓面海景觀最好那面，要設計師弄了間浴室。設計師再三和她確認，她就是任性地堅持。後來她夜半常待在浴缸裡泡著，向外看海發傻，一待一個多小時，泡到水冷皮膚起皺。

沒有星辰的藍夜，偶有雲霧，月生滄海。天將亮的時候，她見到數目驚人的成群候鳥快速飛掠而過，展現壯大神祕的生命力量，妖異動能的弧形陰影落在海面上，牠們集體揮動翅膀，壯美地向世界盡頭飛去。

她想，自己此生說不定無法像老鷹那樣在高處盤旋，起碼可以像麻雀那樣，雖說飛不高，但想走就走，想跳就跳，自尊自由。

她記得剛進高中時，物理老師第一堂課自我介紹後，劈頭指著台下他們全班學生說：「神經病就是你們這種人來的！」

「這世上真正聰明的人，知道自己很聰明，要做什麼都做得到，人生好辦。笨的人，知道自己笨，就安分做他們能做的事，人生也好辦。」那個肥胖高大戴著銀邊眼鏡的男人，細小眼睛發射出銳利冷漠的眼神：「這世界的亂子就出在你們這種人身上：中等資質，偏老想往上爬，從一出生就飢渴，以為自己可以達成什麼，結果只是一輩子永遠想望自己得不到的，爬不上自己以為該上去的位子。貪得無厭，被功成名就的念頭搞得自己面目全非。我看多了，上面的、下面的，人生都容易，偏就是你們這種中間的將來會發病。」

錦文記得，個晴麗金黃的夏日午後，同樣在捷運車廂上，一對十歲左右的小姊弟在沒有大人陪伴下搭車，並排坐在她正對面。那對小姊弟白皙自在，感情極好地老相視而笑。錦文迷上了小弟弟，讚嘆地看著那樣小的男孩怎麼會在天真中還有種穩重大器的模樣。

大臉，潔白，長而闊的單眼皮眼睛，緊閉的濕潤紅色嘴唇，小小的牙齒隨著他的笑閃著光。小男孩黃褐色的柔軟頭髮直順覆著頭顱，長長瀏海蓋到眉上，皮膚繃得晶亮晶亮。

小姊姊摸了小弟弟的臉頰，不知道說了什麼大笑，小弟弟聽了姊姊的話也嘻嘻咧嘴。他的眼睛笑瞇臉也笑皺，嘴唇向左右伸展開來，還聳了聳肩。他穿著深藍棉衫米色短褲，短襪與運動鞋。

錦文看得癡傻入迷了，那孩子，是她多年以來幻想中理想孩子的模樣啊！全世界的晴朗都在他身上。

她可以預見，美好的教養，富裕的氣質，小男孩長著長著將來會長成俊朗寬闊的少年，有足夠的聰明自信及慈悲仁厚，足夠他看全世界。

錦文的眼睛更水更深了，忘情地看著小弟弟，眼看他們到站，小姊姊成熟地牽起小弟弟的手出了車廂。

她頓時覺得失落疲憊，覺得夏陽將她曬得好舊好皺。

青春與血液都在腳底，她不自主地搓自己的臉，五官扭曲。

她以為鳥類振翅發動的強悍力量，都是為了往前飛，往高攀爬。

她見過飛不高的麻雀，單獨在大馬路上走走跳跳，飛一下停一下，因為飛太低，紅燈突然轉綠燈，麻雀被快速駛過的黃色計程車撞飛，她聽見砰一聲麻雀落地，鳥身歪斜。

錦文壯起膽子，顫抖著將牠捧到都市人行分隔島上的草地，知道牠反正就要死了，但是她不忍讓牠死前又被下一輛車子輾過。

在她住過的木柵山坡社區，她有次見到成群麻雀成隊形疾飛。因為低空飛翔，集體振翅的聲音與力量讓周圍的空氣猛烈震動。錦文不由自主停下腳步，驚異地呆看眼前的力量與震波。

很快地她的驚喜感動轉為驚恐。

那成群低飛的麻雀，正在攻擊隊中的某一隻，要趕牠走似的。

先是其中幾隻狂啄著牠，牠受傷落後高度降低，然而牠奮力急速拍動短小的翅膀，還要飛起跟上加入群體。整群鳥於是回頭包圍住牠，猛烈啄擊，一群烏黑包圍住牠，發出凶殘吼叫。

那隻鳥墜地，群鳥正要離開。墜地的鳥未死，還試圖鼓動重傷的身體羽翅。沒想到正要離開的鳥群回行往下衝，集體暴烈瘋狂地啄殺撕裂地上那隻殘破的鳥，再啄再攻再殺，直到牠死透。

再也無能豎起一根羽毛，再也無法活命。

錦文驚懼的眼淚與喊叫聲卡在器官裡頭出不來，本能地顫抖著向後退，她並且感到深刻的恐慌，因為感受到群鳥殺戮的凶性未褪，彷彿鳥群就要轉向包圍距離太過靠近、入侵牠們安全範圍、目睹這場恐怖凶殺的錦文，狠狠啄死這個外來的目擊者。

鳥群改變心意似的疾風飛走決定趕路，空氣又一陣猛烈震動。牠們集體走了，留下那隻被同類啄成碎爛的血肉。

錦文嘴巴微張，瞳孔放大，僵直地無法動彈，頸部與喉頭的肌肉緊縮發硬。好久以後，她終於從身體內部發出聲音，瘋狂地尖叫起來。

她剛創業的時候，患得患失，焦慮症斷續發作時，就會出現那天目擊那場同類集體殘殺弱者時，頸部與喉嚨僵硬、全身無法動彈的症狀。

05

守著火

為什麼藝術只對人有意義，對貓狗沒有？

答案是人類需要幻象，人類對幻象上癮，貓狗不需要幻象也能活。

對幻象的執著是我們從遠古時代人類祖先所保存下來的習慣。部落的日子，我們的祖先懶惰，採集了當天足夠的食物便不想勞動，因為遠古人類的覓食與採集，若一次蒐羅超過了可以吃食與保存的範圍，就成為多餘與浪費。那時候的人們不愛生產，不愛囤積，不愛消費，他們愛的是火。

他們願意花一整天時間上山下山砍柴，為了生一盆火。

一天的活兒幹完，他們焦急趕回部落，等待天黑。渴望的夜幕一降臨，他們又可以癡戀地望著那火。大家對著火吃飯，吃完飯後又一起凝望著火，不知道為什麼，只有在面對那火光閃動時，人們才比較容易記得他人說的話。

閃動的火光刺激著族員的視網膜，人類的本能其實如鷹如貓如虎，對移動的影像特別敏銳，整個部族的人將所有注意力集中在晃動的影像上。

部落的每一個人，每晚就這般迷醉地落入集體的幻象之中。

暗夜火影晃啊晃地，所有人的情緒全押在那火上。在巫女的引領下，以及一點點麻藥的幫助下，部落整晚癡迷地望著火。

清醒的時候他們在岩壁陶器上刻劃波紋鋸齒圖案，試圖重現晚間見到的動態幻象，這是造型藝術的起源。

不是現實事物的抽象化，是幻象，是人類將自己創造的錯視加以重現。

永遠不可讓部落之火熄滅，通常鎮日看守照護那火的，是巫女，是他們的領袖。守火者是部族裡最有地位的人，也是權力分配者。守火的姥姥不需外出打獵或採集，只是整天守著火，確保火種不滅，得以生生不息。落日之後，人們是如此焦急地坐地環火，等待姥姥出現，等待姥姥引導他們進入集體的幻視。

那像是姥姥施予的某種催眠，集體幻象出現，幻象匯集成主流，主流即天，天是祖先的住所，是人們仰望之處。

因此，人類沒法解決的問題，那些困惑、病痛、恐懼及未來生存之擔憂，全依此解決。人們渴望一次又一次出神，進入那幻覺，讓上天為你療憂解惑——是不是遷徙？是不是出征？是不是猛獸？是不是鬼魅？是不是犯錯？是不是無可挽救的災難？

而這場幻覺能持續多久呢？

髖部胸口的潰爛，在迷幻狀態獲得安撫的痛苦，清醒時又犯了，這該怎麼辦？

人們發展出祭祀儀式，規律地建立自己與上天溝通的頻道與頻率。人們甚而使用犧牲祭品，殘害自己的血脈給上天給祖先看，人們狠命地發出最大哭喊、最危險訊號給祖先，生怕祖先不理會他們，殺了祭品給老天，呼喊：「你的後嗣要死了，你的命脈要斷了，不要忘了看看我幫幫我！」

若是持續的祭祀、與天溝通，開始一直無法獲得回應，人們逐漸失望，整個部族只能遷徙，只能發動戰爭，去尋找另外一個資源豐沛並且受到上天眷顧的居所。

與天溝通出問題的時候，火種姥姥使出全身解數要與上天接頻。她是部落與上天溝通的媒介，在焦急張惶中，她甚至召喚神獸幫忙，姥姥有時戴上奇特面具，因為想藉由化妝幫助，更容易與神獸相處。

神獸有大眼睛，看得很遠，比人類遠很多；神獸長角，就像天線寶寶一樣，容易接受到遠方傳來的訊息；神獸長出翅膀，可以飛往人類怎樣也到不了的處所。

那時候人與神獸緊緊環抱。

說過人類是懶惰的嗎？人類後來不肯自己去找上天溝通了，他們差遣神獸去，把神獸當作傳遞訊息的媒介，忘了巫女姥姥的存在，推翻這種過時的領導者，同時也忘了人類本身才是與上天溝通的關鍵。

人類後來就失去了進入幻象的渴望與能力。

以神為依存的年代逝去，以人為主體的歷史開始。

巫的文化消失，人的文化取而代之。

神獸成為寵物。

人類以自己建立的政治禮儀制度生存，相信自己的才華，蘇格拉底告別雅典，戰國告別了薩蠻，人類的璀璨文明與戰爭勝利，都是依靠人類的無窮意志與能力達成。美好生活的創造，歌舞昇平的盛世，我們偶爾需要掛念祖先的時候，便差羽人去。我們病痛時看醫生，困惑時研究科學或者找占卜算命。

自然，現今這世界上還留有一小撮人，出自血液基因或其他不明的差使，仍然沉迷於幻象的製造，他們的前身是羽人、是神獸，或者是不肯進化的人類。

部落之火演進成為電影電視，我們自祖先基因保存下來的，如貓如鷹如虎那樣，看到移動的光影便全神貫注盯住不動，是天性本能，動物性滿足後，理性才會接手，才說這電影好看不好看。

錦文熟了就沒大沒小地嘲笑老藝術家，在山上改建別墅工作室，按自己心意規畫庭院桃樹魚池，像是黃藥師在桃花島上安排機關重重。

錦文笑他庭院計算得清清楚楚，與工人討論施工準確度時要求得分毫不差，自己全身卻不整理，皮膚皺皺黑黑，頭髮散亂黏成油條。

他打了她頭：「小朋友，我的頭髮不剪，巫師的頭髮不能剪，剪了要出大事的。」

部落遷走後，人類建立的文明體制豎立千年難以撼動，那個人們以為早就熄滅、早就拋棄在遠山叢林中的火種，會不會仍暗燃未滅。

現在是誰守護著呢？

電梯內就錦文和藝術家的妻子兩人，從喧鬧的拍賣場中逃出。錦文是逃脫，不過藝術家的妻子是來看丈夫那件雕塑是不是以好價錢成交。丈夫的作品成交後，她對其他拍品毫無興趣，立刻出場。

藝術家的妻子高傲不耐的眼神上下打量錦文，錦文想逗她，故意和她眼神交會，刻意似笑非笑，藝術家的妻子防禦機制開動般地移開視線，抬頭看電梯樓層顯示。

錦文微笑，左手輕輕把頭髮攏在耳後。

電梯門在一樓打開，那藝術家就在前方等著妻子，顯然是急著要知道拍賣結果因此差遣妻子上樓看現場，自己不好意思現身。藝術家看見妻子搶先從電梯走出，邊走邊要開口報告成交結果，又看見一身米白亞麻洋裝的錦文跟在後頭出現。藝術家警覺地迎上前，搶在妻子開口前先開口：「錦文好久不見！」

藝術家快步走過妻子與錦文握手。

藝術家的妻子不明就裡，看著丈夫越過自己，與電梯裡那個自以為是充滿傲氣的年輕女人握手擁抱。幾秒鐘之後妻子明瞭了狀況，電梯裡頭的女人原來是藝術圈的，妻子回頭展開笑容，剛剛的不耐不解迅速消失，堆出親和的盛大笑容。

藝術家對妻子說：「徐錦文，年輕一輩傑出的藝評。」

就這麼幾秒鐘，錦文的角色就從一個驕傲討厭的年輕女人變成丈夫事業版圖內的專業人士。

錦文也立刻換下她惱人的輕慢表情，換上謙和可愛的臉蛋，向藝術家的妻子微微點頭：「師母好。」

錦文總是對藝術家的妻子感到困惑：她們是愛丈夫超過自己的人嗎？她們是愛藝術大過愛丈夫的人嗎？她們愛的是身為藝術家角色的丈夫嗎？

身邊有一個人，一個仍然能帶領我們超越日常生活、進入幻象的人，一個可以引領我們超越自己的極限與上天溝通的人。身邊的人也許就是那個守護火種的人，那個得與天神溝通的人。

身邊的人是巫，是具有神祕才能的先知，能與上天接通的人。因為自己有著迫切想要與上天溝通的渴望，因此在他身邊，與他接通便與上天相接，藉由守護男人如同確保自己與上天溝通的頻道相通。

那是妻子守住藝術家的原因嗎？

那是藝術愛好者將藝術家神化的原因嗎？

天才誕生的神祕性與偶然性，是誰遭遇神啟，誰被賦予了創造性的能量，取得在世間行走的特權？妻子們相信藝術家能帶領她們進入短暫的幻象，藝術愛好者相信藝術家讓他們得到生命的救贖與未來的啟示，他們相信藝術家具有操縱靈魂、占有靈魂的特別能力。

人們對藝術家的神祕能量不是心存愛慕，就是排斥忌憚。

藝術家的妻子、那些不是妻子卻執著留在藝術家身邊的行政人員、那些美術館館長、藝評人、策展人、畫廊經理乃至於花錢買東西收藏者，會不會其實只是現世之中仍然存在一些極度渴望超越自身極限、進入幻象的人們。那麼渴望進入幻象，那麼渴望感受到自己與宇宙相接融合，然而自己卻不具備足夠的創造能量，只好以奮不顧身的服務，換取留在他們身邊的機會。

用盡力氣想要活在藝術的國度，只是徒然。他們並非神選之人，只好靠近神選之人。出自嫉妒或出自於仰慕，想接近聖光，想活在神的靈光照拂下。他們有時候相信神通過藝術家與創造的過程仍在運作，或是藝術家幻化為神——否則一個人的體內怎麼會有那邪惡又珍貴、泉湧不止的幻術日以繼夜不斷開展？

黃齋而讓畫廊老闆們又愛又恨，他的畫受歡迎，辦他的展覽肯定賺錢，然而黃齋而自己就對收藏家很有一套，人脈說不定還比畫廊老闆強，因此姿態高，要求也多。畫廊老闆沒有安全感，想霸占黃齋而，但一旦談起經紀或合作，畫廊的能力根本沒辦法為黃齋而處理國際約與大型展覽。他們最妒恨黃齋而在家招待收藏家還私下賣畫。

當那些拚命把名牌往身上掛的畫廊老闆舉辦一場又一場只有頂級收藏家才能參加的私人品酒會，討論他們獵奇似的從世界各國買來的收藏品時，黃齋而輕輕鬆鬆地在家裡，讓收藏家和他一起吃家常菜、寫書法、喝茶，看黃齋而家裡的雜玩古董，聊聊女兒的突梯搞怪。

一位畫廊女老闆這麼教過錦文：「妳要穿得有品味，要穿得貴，但是不能比收藏家和他們的太太更貴，妳要讓他們覺得妳接近他們的水平但不能與他們平起平坐。妳要穿得讓他們好奇仰慕，妳展現的是創意與品味，妳要能夠讓他們開口問妳這身衣服在哪裡買。」

錦文年輕時候根本看不起黃霽而，看不起雜玩瑣碎的傾向。她覺得，任何時代只要藝術整體走向開始往瑣碎走，那個時代就敗象已露，很快就要腐敗滅亡。她喜歡最大氣凜然與最古怪前衛的。她不能理解為什麼會有富人喜歡窩在黃霽而的公寓喝茶寫書法，為什麼有錢人會喜歡從豪宅跑來黃霽而的舊房子，興沖沖地和黃霽而談藝術，談中國大陸市場和李叔同。

「他們為什麼喜歡和你在一起？有錢人。」錦文很衝。

「他們的人生很無聊，他們私下會憂慮自己庸俗。我是媒介，藉由跟我在一起，他們覺得自己親近了一些什麼，覺得能與自己的靈魂接通，他們在藝術家身上要的是這個。」

「自己的靈魂不是該自己拯救自己負責嗎，跑來找你幹什麼？」

錦文小時候被管束得很嚴格，她發展出自己的遊戲，每天傍晚站在陽台往下看對面的大樓，幻想自己是巨星正在開演唱會，風兒你要輕輕吹，吹得滿園的花兒醉，雁兒不想飛，白雲深處多寂寥。她擺頭扭臀，唱到深情哀切之處還會落下悲傷的淚水。有時她直直盯著對面大樓的窗戶唱，對著幻想的聽眾揮手致意。

有陣子她迷上收音機，那是她父親閒放在書房櫃裡不太聽的機器。黑色方形的復古造型身軀，大大小小的金屬按鈕，她搬了矮凳，辛苦地把大收音機從父親的書房移到自己房間。

從那黑色閃光盒子流洩出來的人聲與歌曲，讓她興奮莫名，被關在塔裡的小女孩找到一個與天空之城接觸的頻道。

那個世界廣大繽紛呢，每一到二個小時就會換個節目，每換個節目就換新的主持人，一個人接續另一個人，一首曲子叼著另一首曲子的尾巴，一個頻道的身側竟然還有另一個頻道。

除了上學之外的時間，收音機都是開著的，她小而扁薄的世界變得立體多層次了。她用筆記本記下不同頻道不同時段的節目，主持人是誰，新介紹的流行歌，那聲波一陣陣湧動，都是她祕密的朋友。

著迷於收音機的童年她還患有長期的鼻炎，止不住的鼻水鼻涕偶爾雜著噴嚏與鼻塞，長期下來她的鼻頭因擤鼻而破皮紅腫，怎樣都好不了。她仍舊上學放學，鼻炎嚴重的時候，她書包裡頭滿是擤過的衛生紙與備用的好幾包乾淨衛生紙。她走到哪擤到哪，揉成一團團小小濕濕皺皺的鼻涕紙團鋪排成她走過的軌跡。睡床書桌地板，房間的置紙簍也滿滿。她縮在桌邊邊擤鼻涕邊寫字，寫完字她裹著小棉被坐在床沿，喜孜孜地一邊擤鼻涕一邊聽收音機，那裡有無限量供應的活潑馨甜。

不過她的歡喜不能見容於母親。天下所有母親都必須見到同性子女勤勉衰弱並且受苦，才能藉此平衡自己勤勉衰弱受苦的人生。錦文很早就知道要保護自己的方式就是不讓自己的喜好顯露於外，一旦她喜歡的事物被發現，很快就會遭到剝奪。

錦文思考了好一陣子，是她聽收音機時候的表情太過沉醉，還是她記錄節目時段與歌曲歌詞的小本子被發現，到底是哪一個她感到滿足的軌跡被偵測到，有天放學回家，她房間裡頭閃著金屬光澤的黑色收音機不見了。

她跑去問她的母親，母親臉上的表情彷彿期待這刻已久。母親把收音機收回父親的書房，因為錦文花太多時間在收音機上了。她可以見到母親認真的眼神背後，其實是揶揄、優越以及小小的勝利的光芒。

錦文克制自己想要嚎啕大哭的衝動，飽受傷害地轉身，她不死心跑去父親的書房，黑色收音機的確被收回櫃子裡，她伸手去拉玻璃櫃門，發現鎖住了。她的神祕朋友，她那通往另一個世界的開關，那發出琉璃光彩旋律催動心神的歌曲，都被鎖在玻璃櫃中，沉默而呆板地靜坐，不發一言，彷彿他們從來不認識彼此。

她幾天後又發現自己房裡的書櫃也換了位置，其中幾本她特別喜歡的愛情小說消失無蹤，日記從抽屜被翻了出來，像打開的大腿那樣，開展在某頁她寫得情感特別隆重的抒發。她帶回家過的男同學女同學接到母親的電話，很快地那些人因不安都開始疏遠她。

無法報復比自己年長的人，無法回擊在體制倫理上比你強勢的人，有教養的人喜歡欺壓子女，這一切太容易了。

年幼、體弱、沒有錢財，什麼也不能做，要等待。另一個更迷麗豐富、騰空存在的世界，就在上頭，她已經知道了那個世界的存在，只是接通的媒介暫時失去了。她忍耐著那股想要進入天空某處的渴望，那個比較好的地方，與靈魂相通的地方。

長者不希望她快樂，但迫切希望她成功。有趣，當你覺得自己愛某個人，你把他納入自己私密的領域，你覺得必須擁有占有他成為你的一部分，你同時也覺得自己的某部分被他剝奪入侵。不希望他快樂，就像沒有多少丈夫希望妻子快樂，沒有多少父母真心希望子女快樂。

他們必須確認對方受苦，自己的挫折才會稍微獲得平撫。

孩子必須受苦，但不能苦到落敗，或危及家族的財富與社會地位水平，因此，給孩子情緒上的挫敗最好，讓他們永生不快樂，那份無法具體明之的貶抑與失落，讓他們連同人明說或為自己申辯的可能性也沒有。

不要崩毀，只是一點類似正義般的報復，讓對方從心裡頭，最裡頭的那裡，壞掉一點。

反正是我的。

錦文立誓，她這一生都不要被誰擁有。

小女孩也有驕傲，錦文冷然昂首離開那個檀木書櫃。

再憂傷也要節制，節制才有格調，點滴的情緒流露都會洩漏祕密，成為切入的刀口，在等待幻想的未來成真的漫長時分，小女孩要十分謹慎。

不動，不動便不會發生不測。

錦文躺在大理石地板上，屋子變得遼闊，天花板幻成的穹蒼延伸，白牆長成山巒散開，大理石的沁涼從尾椎底部一節一節爬上。她靜止，時間的腳從她的天靈蓋踩過眉心、鼻尖與下巴，行經頸肩、鎖骨、乳房與肚臍，時間下滑至陰部，張開觸鬚成網，綑縛人腿張成魚的巨鰭。

把身體的重量沉入地面，世界成為汪洋，搖晃後逐漸凝固，又成為一碗沒有糖霜的果凍。

頭轉向右邊，錦文透過落地窗的菱格玻璃看，將眼睛貼得很近。一格成四面，每面都透光，卻因折射讓人看不清，外面看似光亮卻只是模糊的影子。錦文躺著，手肘支起上身，眼睛貼緊菱格玻璃硬要看外面的綠院，她得到的是依稀的顏色，彷彿的形象，消融的邊界。外面一切看似經過搖晃，黃的紅的綠的黃的全勻混糊成一片，草葉花木融成調色板上的顏料，風必定在作用著，四季的神祕必定在玩弄著，這宇宙必定正在經歷細密的變化以輕微難以置信的波動。

那是她經歷的小規模靈視。

「妳很有慧根嘛，」一起學畫的藝術學院學生這麼對錦文說，「通常只有我們這種人才看得到，才會用不同的視角去看尋常，這就是我們藝術家的視角。」

她覺得遭到冒犯，她比搞創作的人更有才能，甚至，更愛藝術，但這個年輕人在藝術生態中選擇出場的角色是創作，而她不是創作者，他就敢對她狂言蔑視。如果當時她已經習得足夠的語言，擁有足夠的權力，她就可以重重打擊這個傢伙的自尊。

總有那麼幾次，藝術家的妻子們在閒談中控訴自己遭到圈內人的輕視：「我就站在我丈夫旁邊，那個留長髮穿著義大利西裝的策展人，向每個人招呼寒暄，卻冷冷跳過我直接向下一個人伸手，彷彿我是混進來的下等東西，是不屬於他們的外來者。完全無視我的存在，他的眼神只是滑過我，彷彿我是物件，下一秒他很自然地對我老公諂媚，討論下次個展的日期。

「他當我是什麼，是行政助理？是生小孩的女人？是藝術生產的附庸者？是乞討光環的交際花？」

錦文幫這些女人倒了更多酒，有種九死一生的慶幸。差一點點，她也可能變成懷著同樣憤怒的人，人生千鈞一髮。

講著講著其中一個女人哭了，眼線糊開。錦文說：「妳不要理他們了，妳若在意，就要比他們更傲慢。」

能不能回到單純喜歡畫畫，回到那份筆在手中的充實興奮感，回到焦躁在專注中逐漸流失的狀態？能不能回到看到精準的造型配色，腦子還未運作、意識尚未接手，人就心臟加速，眼淚湧出，全世界倏地靜默，只有眼前那份靈光旋轉的狀態？

車廂上，錦文突然懷念起手繪勞作過程中，那份因肌肉疲疼帶來的滿足。那時候她還不懂什麼是觀念藝術，什麼是裝置藝術，什麼是錄像藝術，什麼是行為藝術，只是喜歡畫。她那時候還不知道自己有一天會站上大學課堂，對台下學子說明藝術是「賦予物質新的意義」的漫長過程。她想起小時候那樣，只是畫畫，不去探索什麼符碼系統，不去追溯形式指涉，只是喜歡動手的單純。

她小學一年級時自己繪製圖書館借書卡，用刀片裁剪，用尺與彩色筆弄了整個下午。她描繪著女同學之間競相走告買下的《摩登少女完全手冊》其中一頁的美少女圖案，一筆一筆印著描著。長捲髮編成辮子，明亮的眼睛，小而嘟的嘴唇，嬌俏女孩穿紅上衣白短裙及運動鞋，微微側身，雙手握著網球拍，修長雙腿重心在前腳，就要揮拍。

錦文一筆一筆勾勒，在借書卡上描邊線，把主角背景重新設計，以綠黃黑三色交替的斜射條紋鋪滿整個畫面，創造速度加快與時空變異之感。

再大了些她被送進畫室學技巧，她又陷入著迷，沒日沒夜練習，技藝練習帶來的進步像法喜一樣充實內心。班上練習靜物，老師要求大物件按現場擺設原樣畫，前頭的小東西如紫色李子與許多彈珠，要求學生們任意自己組合。錦文讓中景穩重龐大坐鎮，前頭小東西滾動，小彈珠小蜜李讓她擺得像撞球台上剛散開的彩球奇巧。

課堂結束前照慣例學生作品排成一列等老師講評，老師卻跳過她的習作，最後才回頭講她的。「這件我不能用剛剛的構圖原則來談，因為她走險招，物件都讓她放在一般人不會放的位置。一般人不敢放的角落、壓在物件邊線的奇特位置，不過她又讓它們奇妙地達到平衡，隨便哪個小東西都不能移動，一動整張畫的平衡感就崩了。」

平衡感這事情她微微成癖。她在畫廊看人布展，作品上了牆面，工作人員東量西測地把畫掛好了，她在那邊不舒服，心裡暗暗喊著畫明明掛得不對稱啊左右不平，她幾度欲言又止又怕人家嫌她雞婆。

她走近畫廊小姐輕聲說，畫沒掛好，兩邊不平均。

有的人敷衍她：「請放心，我們都是專業布展人員。」

錦文近乎撒賴：「真的兩邊不等高。」

她和李翊從沒面對面談過分手，只是在時間的某一點上，兩人就彷彿有深厚默契般地互不聯絡。

李翊拿到贊助去紐約後，他們偶爾通電話，次數愈來愈少。

她厭倦他在電話那頭的訴苦：誰不認同他，或誰沒給他尊重。

她輾轉聽到李翊在那邊和哪個留學生走得近，或聽說在那邊一個讀餐飲學校的女孩與他同進出。有的人狐疑試探她，她只是裝傻，只有她心裡知道鬆了一口氣，像是重擔放下，她不用當別人眼裡的壞人。

她如釋重負地將頭枕上別人的肩膀。他們兩人各過各的但不說破，沉默地狡猾地為自己盤算，誰也不想負責任地說清楚。

那個讀餐飲學校的女孩回台度假時找過錦文，她們兩人加上一個共同的朋友一起看電影試片。看完後三個女生端著碗站著在街口默默吃大腸麵線。

「妳和我想像中的不一樣，」女孩對錦文說，「妳好秀氣，好細緻。」

錦文還在吃麵線，抬起頭來對女孩笑了又低頭吃。

「本來聽他說，我以為妳是給人壓力很強勢的那種。」

錦文又笑了。

有天晚上李翊找她去當時流行的美式餐廳，紀錄片導演、一位瘦小藝術家、一位女老闆和李翊都在那。女老闆是收藏藝術的，品味傾向年輕前衛，和老收藏家的保守品味不同。

女老闆短髮染成褐色，灰褐色眼線及煙燻妝，見到錦文主動伸出手說久仰。

「我以為李翊的女友是犀利難搞的藝評人，沒想到妳本人這樣甜甜水靈的。」

李翊介紹這位女老闆特別喜歡年輕藝術家與攝影家的作品，那令人感到鼓舞。就算幾年前股市上萬點，連菜籃族在號子看完盤後也直接到畫廊買畫的年代，大家都買畫但還是沒人喜歡掏錢買挑釁的作品，出格熱情的藝術家只好找出格熱情的新世代收藏家、策展人結為同盟。這島嶼都變化萬千氣象昂然了不是嗎，總統直選，快樂希望，往前就有路了，藝術也應如此。

「不過那個美術館主任怎麼一回事？」

「權力在她手上，她喜歡誰就找誰。」

「她是公務員不是嗎，換句話說她不是應該服務我們納稅人嗎？怎麼老是去諂媚外國人？」

「反正就有這樣的人！」

「上週澳大利亞和巴黎都來了策展人要找台灣藝術家去展覽，她找了十幾個人拿資料排隊像求職面試那樣，巴望著國外老大哥點名你。她沒找你去嗎？」

「買辦是了。」

「Bitch我們不用太理會，SOB我們也同樣不需要理。」

整桌罵人自嗨笑起來。李翊熄了菸，去化妝間，女老闆瞇著眼看著他的背影。

瘦小藝術家說欠他畫款快一年的畫廊老闆終於叫他去畫廊取款結個展的帳。等老闆的時候，長髮長腿的畫廊經理跑來看他兩三次，是他以前在藝術學院的學妹。學妹對他說，畫廊這兩次個展都賣得不好，收藏家還是喜歡前輩畫家或抽象畫，甜一點的，老闆說過希望他多做一些單價低的小件作品，比較好賣。

「對了，雜誌廣告的費用，畫冊的錢，都會從畫款中扣。」

那個滿嘴藝術剛買了新的紅酒櫃的畫廊老闆，扣完一堆費用後，終於把錢付了。

「我終於領到遮羞費，雖然扣完之後很可憐，但今天我付帳。」

錦文伸手打了他的肩，他雖是李翊的朋友，但錦文是真心喜歡這個矮小又充滿爆發力的小傢伙。

「所以bitch真不少是吧，這樣聽起來。」女老闆大笑，然後轉頭用只有錦文聽得到的音量說，「其實在我看來妳也就是個bitch。」

錦文不可置信瞪大眼睛，不太確定她這是開了個錦文沒聽懂的蹩腳玩笑還是認真。

女老闆追加：「我說妳就是bitch，妳就是巴著藝術家不放追星族一樣的女人，妳也只不過是和藝術家睡覺就以為可以和他們平起平坐。」

女老闆眼神凌厲：「妳就是這種賤人。」

李翊回來了，滑進座位，女老闆立刻轉頭同李翊說笑，好像剛剛什麼都沒發生過。錦文也當作沒事，繼續和紀錄片導演說話。她不確定自己若真的發作，在場的男友與朋友真的會站在她身後嗎？不過她沒往那方面繼續想，那樣想只會把自己往死裡推。她是識大體的女人，她發現身上新買的天藍色針織衫竟然勾破了洞，她扯著線頭，萬分遺憾。

不知道是不是怕錦文聽到什麼，後來李翊常對錦文抱怨那女老闆有毛病。不管李翊和朋友去哪，那女人都要跟。有時候他們去跳舞，女人打電話就硬要到。李翊訂購一批ＰＶＣ在工廠和人談尺寸，她也拋下工作到現場，說可以幫忙議價。

錦文在聽音樂，搖晃著頭，對李翊的話漫不經心，也不去想李翊說這話是不是打預防針。

李翊見她那樣，伸手推她鬧她。

錦文裝可愛嘟嘴抖動肩膀，那是她的溫柔體恤，她比較誠實，她比較早對自己承認不愛了。

06

黛安娜

過了二十年，錦文還會想起黛安娜的眼睛。

下巴往頸收，頭微低十五度，眼睛往上翻看，定定直直地，似笑非笑。這個角度是女人最具誘惑性的視線，有些女人天生用這樣方式看人。

這是皇帝一樣的生活，喜歡藝術，工作是藝術，即便勞苦也有輕柔的浪花托著。對於不喜歡藝術的人，要他們每天看藝術為業，只是折磨。對一些人帶來衝擊性興奮的事，對另一些毫無感覺，不能理解。

對錦文來說，靠藝術維生，可以免去同齡人朝九晚五的上班族生活，可以免去被體制馴化的命運。只是她覺得自己好窮，進咖啡廳耳邊聽聞的是幾百萬股票進出，進畫廊聽的是拍賣場上千萬下標成交，儘管在業界有了點鋒芒，但她的存摺這個月只有兩萬二收入。她和成千上萬在藝術圈遊蕩的女孩一樣，明明一個月就是兩三萬，每天上手的卻都是精品，一日三餐那般尋常。

眼界高了，將來總有天會覺得自己益發寒酸。

不過，時候未到。

那個時代的島嶼生猛有勁，錦文回想起來，人生青春正盛之時，能巧遇樂天歡騰的年代，普天同慶，妖孽繽紛，見聲色，喜萬物，那是人一生難得遭遇的萬幸。

她著迷興奮地寫英雄出少年的同輩藝術家，全世界沉浸於國際化的美夢中，她相信我們的島嶼將來一定會和世界強權平起平坐，另立中心。她相信她和藝術家正在創造屬於自己的藝術史，一起站在歷史浪頭的前端。

「你想過自己這麼年輕就可以在國際上露臉了嗎？」她問他。年輕藝術家和她同齡，有個與他高大的身體不成比例的小頭，他們坐在雙聖，侃侃而談，他要出國參展，他談他們這個世代的漂浮。

他放出明亮自豪的笑，她為他那種不偽裝客套的豪氣感動。

他說：「我算了命，算命說我會！他說我會一生東奔西跑，五湖四海，成就非凡。」

她大笑不已，覺得自己沾了那手采也光亮亮的，是他們的世代，一切都要展開。富裕、多元、開展、紛亂的，前所未有的從他們開始的時代，世上沒有不能談沒有不能攤在太陽下的東西，就連最暗黑的角落也能為之翻轉。他們雄心勃勃，歡天喜地。他們覺得自己的未來一定和這島嶼的脈動一致，他們無需奪權，那是過往的悲情，他們看到的世界廣闊，誰都可以漂漂亮亮、毛色燦亮地過活。他們只需疾駛，只需愈飛愈高，誰都相信自己是往光亮聖地的特快列車。

如翼手龍要展翅，大家都愛藝術，大家都青春，未來壯闊到同伴們不可能卡到彼此的胳膊，足夠每個人拚命振翅。只要每個人都長長展開修長的手腳，時代的面目也會爽颯快意。

只要他們往光亮繁盛之處飛，這島嶼也必然往光亮繁盛處行。

一個月後錦文和一票藝術家、藝評人組隊在威尼斯晃蕩，餐廳門口的侍者朝他們猛講日文。跑到古馳專賣店，店員不給他們進，因為日本人正在血拚，門先關了起來。不給買也無差，他們氣勢正盛，拿著信用卡往凡賽斯去。

他們腳踩得穩還步履輕快，在水都謎樣複雜的彎曲巷弄中穿梭。這世界不難，縱使再大，只要眼睛看緊了大方向，不怕偶有繞路迷失。錦文這批菁英一邊走一邊口沫橫飛地闊談當代藝術，頭頂上是威尼斯人橫掛曝曬的內衣褲，比萬國國旗還多彩，這讓她感到快樂。

玩到晚間月光灑在運河上，船夫消失了，給觀光客唱歌的貢多拉也散了。黃齊而和他一身唐裝的同伴，喝得大醉，搖搖晃晃邊走邊唱鄧麗君。膀胱忍受不了，兩個台灣中年藝術家在運河畔並排如小學生，朝著水波上的外國月亮脫褲子噴尿。

黃霽而和穿唐裝的水墨畫家上個月結伴開始遊歐洲，這次知道他們這批年輕人來，便約了來水都會合。

黃霽而說，上週他們租車到米蘭，晚上也酩酊大醉，硬是開車回小旅店。兩人靠意志力支撐，喝醉也小心翼翼地將租來的小車停在畫白線的停車格內，才回到房間，鬆懈下來倒頭便睡。

次日他們過午才起床，卻找不到車。

他們感到困惑，繞著旅店四處找了一圈，找不到昨天的停車格在哪裡。賣蔬菜火腿鮮紅番茄的市集小販大聲吆喝著，他們邊找車，順便買了起司和蘋果，坐在市集邊緣的露天咖啡吃第一餐。兩人默默吃著，有種闖了禍的心虛，點了第二杯咖啡，還是想不起昨晚的停車格在哪。

幾個小時後，部分市集農販先收拾了回去。黃霽而揉了揉眼睛：「那個，是我們的車嗎？」

穿唐裝者順著黃霽而的視線，穿越散落的幾個攤販看去，兩人站了起來。

他們的飛雅特小白車停在市集正中央，只是剛剛攤多人多，他們又只在外圍繞，忽略了。

兩人這才驚覺，昨夜他們小心翼翼停進去的畫白線停車格，是當地攤販排列的格線。

大叔互看，忍住笑，心頭放寬了便不急著走近那車，反正現在也開不出來，乾脆繼續吃喝。

夜幕降了他們才到人煙散盡宛如廣場的市集，輕手輕腳趕緊將車開走。

錦文有一次在丹麥的卡斯伯博物館地下室展廳突然暈眩，頭頂發麻。

那是古埃及文物區，也是這間博物館最精彩的收藏。她在夏陽中摘下草帽進了博物館，在古埃及區見到黑貓標本。黑貓修長的雙腳併攏，像女人的倨傲雙手。古埃及人崇拜貓，視貓為神物，是祭祀獻天的祭品。古埃及人大量飼養貓作祭品之用，原本野生、狩獵、有強健後腿的貓便因此馴化，貓的寵物化的關鍵時期就是古埃及。

錦文走近穿越世紀修長靜坐的埃及貓標本，心臟開始隆隆打鼓，鼓聲愈響愈大，頭頂端的那個點開始發麻，疼痛愈擴愈大，暈眩以漩渦狀漾開，席捲全身，左耳內部嗡嗡鳴叫。她眼睛微閉，覺得腳跟飄浮離地，她快速吸氣換氣，逼自己踩回地面。

她再度張眼，看著神物，神物的黑色毛髮閃現綠光，那雙貓眼冷漠尊貴，竟生出邪惡。錦文再度暈眩，疼痛感像波浪一再推湧席捲。

她踉蹌一步，出了冷汗，抬頭與神物對視最後一眼，轉身快速走出展場，回到陽光下，在博物館門前的階梯喘氣。陽光蒸曬她的皮膚，她卻覺得身體裡還有那黑貓的冰寒。

博物館入口像時光隧道的入口。

吃三明治的時候錦文忍不住向同伴說了剛剛在黑貓前的驚悚遭遇。同行學者說這事常有，常聽見有人在古文物前嘔吐昏迷或通靈附身的現象，只是他們作研究的，不管聽了再多或感應到什麼，也一定要告訴自己是無神論者，「反正終極的無神論等同虔誠的教徒」。

九〇年代初期義大利策展人奧立瓦宣稱超前衛，他戲劇性浮誇地主張這世界上什麼東西都可以是藝術，什麼鬼都可以當藝術家，所有的定義都可以打破重建，強烈而不健全的人們紛紛套上行囊，走上天涯，瘋狂破碎的片段一時鋪天蓋地。反撲奧立瓦的主張幾年後興起，指責奧立瓦的媚俗與粗糙，雙年展找了英國學者尚克萊爾，他老老實實整了一趟學術型的策展，典雅地學者般考究地梳理藝術史上人類形象，教科書形態嚴謹條列了古典命題，那是一場藝術史上人類形象的變革整理。人類為宗教贖罪，為存活價值為遍尋不著靈魂歸依處而苦惱，尋找幽冥火中焚燒的一點清明，保存酒歌盛世中的一滴眼淚。

錦文和她的女性同伴特別喜歡看那些場內的老太太藝術工作者，灰白直髮落在肩上，寬大上衣寬鬆直褲，胸前掛著大型琥珀項鍊，酷異堅定。還有一個藝評老太太，甚至將白色長髮打了兩條辮子，玳瑁貓眼形眼鏡，眼神複雜卻篤定，手指上還有雕塑般的誇張銀戒指，貧民的與富貴的氣質集合一身的巫女。

「這圈子裡女人好像沒有老這件事。」她的女生同伴讚嘆：「她們有自己的樣子，而不是照著人家給的樣子穿搭。」

「我老了也要成為這樣的女人。」同伴激昂立志。

錦文心裡想的卻是別種女人模樣，她私心幻想的未來形象其實與藝術界巫女一點關係也沒有，她沒有志氣，她不渴望聰明睿智獨特，她偷偷喜歡的，還是被愛情拯救、受豢養的美麗女人，依賴著滋養而活。可以來一點聰明才智，聰明才智是浪漫的裝飾品，有了那個可以使童話更晶亮。普通女人被愛情拯救已經很美了，若這女人剛巧是有點聰明才智的，童話就更完整了。

不過這不能說出口，說了會給這圈子有才識有抱負的人嘲笑的。有才識的女人要獨立要有主張，要氣宇軒昂。錦文覺得自己得以身處一群風風火火有長才抱負的女生中，有僥倖也有微微焦躁的亢奮。

他們一群人走近主展場入口，覺得這場面不太對勁，好似正在發生什麼大事。人太多太嘈雜，各國人都有，太吵太鬧，不像是藝術圈的人，還有好多攝影機。他們要看展覽嗎，卻又沒打算進去的樣子，都圍在入口，吱吱喳喳。竟然還有警衛守著入口，不給進去。

錦文不知哪來的好奇，從縫隙中穿梭，繞著繞著就穿過那群人到了入口，停住腳步。大概是她的冷漠氣勢強，警衛竟然也沒詢問她，她便站著狐疑發愣。突然間轟一聲響，整群原本不動只是吱吱喳喳的外國人由外往展場內衝，她嚇得不知如何反應，卻被大群人推擠進了展場。她想要反方向擠出去，入口的古老大門就在這幾秒鐘關了起來，她就這樣被關在裡頭。

她不知道究竟發生了什麼事情，也不知道自己被推進來後要做什麼，更奇怪的是剛剛那大批帶著攝影機湧進展場的人群，迅速消失，不知道都跑到哪裡去了。那好大的展場，冰涼無人，和外頭夏日的熱烘烘成為對比。她還是納悶，有點膽怯，但也無所謂，聳聳肩，調好肩背小包，決定一個人在這裡晃蕩。一個人影也不見，整個展場陳設的藝術品彷彿只是為她一個人存在。她一步又一步，見著感興趣的東西便慢條斯理地繞著圈子，每個角度都看看。

有人了。

斜前方不知道哪來突然出現兩三個鷹眼的外國男人盯著她，防備地觀察。她呆呆地回看，繼續往前走。鷹眼男人後面好像又來了幾個人，好像在說些什麼，他們圍著某件雕塑看。

然後她見到她了。

黛安娜王妃正微微地低斜著她的頭，傾聽穿著白色西裝的尚克萊爾的解說。

錦文看見她翻吹的金棕色瀏海，再往前，看見她的上半身，再往前，錦文看見了黛安娜全身，蘋果綠色一整身套裝。

她站在兩件藝術品之外的距離看著黛安娜，王妃的臉微微轉了角度，看起來像是有點不耐煩囉嗦的學者導覽又必須遵從禮節。王妃抬起頭，看到距離之外亞洲女生冷漠的臉蛋及認真的眼睛。

這時錦文才明白剛剛那一陣大騷動是為了什麼，是威爾斯王妃來看展覽了。他們因此管制入場人數，而她就莫名其妙地夾在一群媒體裡頭被推了進來。

錦文凝視著黛安娜，黛安娜體格巨大高碩，臉部骨骼結構相當男性化：眉骨凸出，眉色極淡，鼻骨中央凸起，下顎線條有力。這真是那個迷倒全世界的女人嗎？那是個具備男性化骨骼、女性化氣質的奇妙生物。

冷氣讓錦文的頭疼起雞皮疙瘩，她開始覺得迷惘，往旁站了一步，想躲避冷氣風口。她看到了黛安娜的招牌眼神：頭低低，眼神往上看，是這眼神讓她看起來天真而挑逗，是這奇特甜美的眼神女性化，像個初明白性是什麼卻還沒能完全掌握的女孩。這時為黛安娜導覽的，換成一個矮小乾瘦的中國策展人。

青春、美貌、財富，這三樣東西人們都想要，很少人能夠同時擁有，而黛安娜同時擁有了這三者。

錦文為那整身的蘋果綠套裝感到不解，怎麼會有人穿整身單一顏色那樣大塊面積的蘋果亮綠呢？那還是個身高一百八、骨架粗壯的女人呢。

也許，只要有足夠的眼神，一個回頭微笑的完美定格，一個人就足夠風靡世界了。

那個鷹眼緊盯，眉毛濃亂的黑色西裝男人走向錦文。

「能請妳告訴我妳為什麼出現在這裡嗎？」英式英文，語言是禮貌的，態度是粗暴的。

「坦白說，我也不知道，我被推了一把，人就在這裡了。」

那男人陰沉地打量錦文，接著說，如果是妳想報導拍照，其他人都在他們劃好的專區等待，等下王妃會經過。

錦文搖搖頭：「我不是媒體，也不想報導。」

男人說：「那麼我恐怕就必須請妳離開了。」

錦文從鼻孔哼了聲，有種夢醒的踏實感。離開前她轉頭看蘋果綠套裝的黛安娜，誰知道黛安娜同時回頭轉頭看錦文。矮小的策展人兀自說個不停。

黛安娜就那樣緊緊柔柔默默地看著錦文，用那個眼神，天真而複雜，長長地看她，傳送什麼訊息似的。

錦文大著膽子與黛安娜對視，兩人動也不動，世界消磁了。

錦文決定結束，聳聳肩，對黛安娜笑了。黛安娜噗哧也對錦文笑，也聳聳肩。她對蘋果綠揮揮手，走了。

同伴都散了，錦文走回正午的聖馬可廣場，沒有摩爾人跳舞，她也不知道大家經過早上那場騷動沖散，都到哪裡去了。她揉著自己還是冷的手掌，想將熱氣揉進身體，嘴巴乾乾的，有一剎那出現劫後餘生者的恍惚自問：「我為什麼在這裡？」

她在路邊買了瓶可樂，拐入小巷，上頭有尋常人家掛成萬國旗的內衣褲。她今天不想看前衛藝術，想去看學院美術館的古代教堂三聯屏。

石板路上一踏一印，錦文終於找到教堂時，天色已經轉陰，腳邊有鴿屍，沒有頭。

07

時光的份內之事

錦文和藝評人在他的書房喝小酒，喝一段落後這位大哥要她看張畫，他起身往裡走，一會兒拿出一張油畫，說是黃霽而的，要她看看。

他定定地看著她的反應，考試似的。

她差點脫口而出，又把話吞回去。哪裡不對，她小心翼翼再看一次，怕惹事。

「這是典型的黃霽而早期風格，是二十多年前他剛走紅早期畫風，不過，又有點不太一樣。說是他早期的，可他以前很少把畫面畫這麼滿，筆觸又太熟太穩，他早期的東西多半有點生，生到幾乎有點不確定與漂浮，當初不少人不是說他根本亂畫的怎麼會紅。」

這畫的用色明確，切分俐落，而黃霽而早期的東西，是青年人恍惚尋不到歸依的迷惘。有些地方不同，很不同，但說這畫是贋品仿冒她又說不出口，因為其實氣質不錯。她沉吟著。

藝評人笑，眉挑起來。

「這是黃霽而的作品沒錯，」藝評人的聲音突然放低，他悄聲說，這畫很可能是黃霽而仿自己早期作品，「早期作品價錢現在高。」

前陣子黃霽而突然打電話來說家中收著私房的早期作品，現在他願意割愛轉手，便拿來這張給藝評人看看。藝評人努努嘴：「結果來了張自己仿自己的。」

他們倆人默默喝完杯裡的酒。

「這麼作賤自己，人真是會變的。」藝評人動了氣，「這麼多年的朋友，說他不是不說也不是，反正這幾年大陸市場哪裡都好，大家都想把畫拿去那邊賣。」

他等她應和，但她沒吭聲，只是動手開第二瓶酒。

早就變了，不只藝術家會變，她也變了，舉例來說，她現在不太在意藝術家的操守品行。

她不應和藝評人是出自不信任，儘管他們曾經親如兄妹，他們之前四年的時間無視對方的存在，在同一圈子裡頭活動，就算碰到對方也當對方是空氣，錦文連正眼都不看他，要開始無視一個人就要堅持到底。現在恢復來往了，她只能認知是恢復來往，底子裡她還張望觀看，說什麼她也不信世界上有盡釋前嫌這種事。目前，她害怕交心與善意，這些東西不牢靠。

錦文和藝評人同時受邀為一位女性藝術家的大型個展出版圖錄寫評論，兩人的文章將共同收錄在畫冊中。錦文沒自信常犯焦慮的毛病又發作，又是和自己景仰的前輩大哥並列。此外，她也想把握機會，好好表現，闖出名堂。

錦文、藝評人和女藝術家，有天晚上三人恰好遇上了，索性叫了啤酒坐下來聊。

藝評人問她：「文章寫完了？」

錦文說寫完了，但又忍不住習慣性地焦慮碎念，還有一種向大哥哥撒嬌討拍的本能：「唉呀可是我不是很有信心，我覺得我寫得不好。」

「妳也不是剛出道的小女生，也做得有點成績了。」他把花生放進嘴裡嚼，「反正妳就是寫寫什麼人生故事那種什麼文章的，真正的藝術評論妳根本也不會寫，我們兩人也算是分工。」

錦文忍著不動，怕自己回嘴事情鬧大，錦文對大哥的輕蔑驚訝，也凜然知道，在江湖走跳，受點糟蹋輕侮樣子要先撐住。更何況，他當她是後生晚輩久了，不時要挫挫她好確認什麼的，她也能理解男人。

她只是失望，當她還是滿懷熱情的年輕人時，這位當時已經成名的大哥視她為明日之星，喜歡她的奇想與創意。好幾次錦文忍受不了撐不住，想就隨便回頭去找個雜誌編輯採訪的工作重新上班，有個正職，他總是出面攔住她，鼓勵她再撐一下：「妳可以獨當一面的，如果我做得到，妳一定也做得到。」

她哭喪著臉回這位兄長：「拜託你是國際展的策展人耶，我是什麼東西啦。」

「可以的，我說妳可以的。」他拍拍她的肩。

錦文總算撐了下來，文名有了點，手上策了點活動，她有種得了好成績想回家向大哥哥分享討好的愛嬌，老找他討論自己的想法。後來她才知道自己傻，這些行為看起來像是炫耀。

他讚美她：「是不是這樣？我說妳可以不是嗎？圈子就這麼小，戲棚下站久了一定會有妳位子的。這圈子沒什麼，有人是靠專業，靠人情看臉色也是可以出頭。」

她看著他熊一樣高大的身體，知道他變尖刻了，但那也是他的評論之所以能犀利的原因，這也是當初他們倆會一見如故親如兄妹的一部分原因。錦文總覺得，再過一點時間就會沒事的，他要一點時間調適，她也要一點時間調適。

「真正的評論反正妳也不會寫。」不過，這次大哥當著那位女藝術家面這樣說，錦文面子卻掛不住，臉紅了，那位女藝術家想緩緩場面，打哈哈講起想為展覽增添幾件近作，還有另一位新秀最近去慕尼黑展覽，正在找贊助，而另一個藝術家則是在台灣不怎麼賣，去了馬德里藝術博覽會大受歡迎。

錦文臉上憤怒又羞愧的紅潮正在退，藝評人絲毫不感激女藝術家的打圓場，也沒打算放過錦文。他又對錦文說：「既然妳文章已經寫好了，我還在寫，妳就先把妳的文章寄一份過來給我看，讓我參考參考。」

那女藝術家一下子也接不上話。

錦文的臉從燥熱變得僵硬，突地不知從哪裡借來的好大膽子就頂撞大哥：「你和我同樣都是受邀寫評的，將來文章也要收到同一個書裡的，大家是平等的，為什麼我應該先把自己寫好的文章讓你參考？」

大哥放下手中啤酒杯，啪一聲重拍桌子，高大的身體巍巍顫顫，細眼射出狠勁：「我們這種兢兢業業認認真真寫評論搞展覽的，在藝術界辛苦了這麼久，為的就是一份理想，為的就是讓台灣當代藝術的好東西被看到，為的就是好藝術家在國際上在兩岸的能見度都高一點，這一二十年來我們下了多少的工夫，付出了多少努力。妳這種不時在媒體上登個文章，出一兩本書，就以為自己是藝評人了？」

「在我看來，妳寫的東西不過就是習作等級，靠著一張臉裝可愛，靠著老男人給妳幾個案子，妳有什麼資格跟我談平等？」藝評人繼續教訓她，厲聲疾色：「妳真以為自己是個角色？我叫妳拿文章給我參考有什麼不對？妳這種檔次的文章本來就是拿來給專業人士參考的。」

她忍著他的罵，等他罵到盡興氣消。

她淒涼地覺得，父兄這兩字對她是可怕的魔咒。在藝術世界找替代的家人，在江湖中尋找父兄的保護，這意味著你和他們彼此有了默契，必須要永遠仰望父兄，才能得到關愛。若不保持仰望的角度，就永遠得不到關愛。

她又孬種地想，還是保護自己好，讓尷尬衝突趕快過去，都以兄妹相稱了，吵架也要和好，這世上男人多粗暴，要留這份情，只要讓著就好。當然她想要尊嚴，不過，那個年紀她還是孩子，還不知道尊嚴的重要，那時候她想要友誼還是大過要尊嚴，因為這世界太寂寞。

幾個月過後藝評人與錦文又一同被找去中年藝術家的飯局。她和藝評人並肩坐，笑嘻嘻地，像舊日友愛的時光。在席的年長藝術家們吵吵鬧鬧，她還是小女生似的跟在旁邊嘻嘻哈哈，飯吃了酒喝了歌也唱嗨了。

她就是忍不住多嘴。酒過幾巡後她又舊習不改地和大哥討論：「我最近不是都沒事情做嗎，明鏡畫廊那邊找我談，希望做個比較長期的配合，策畫展覽什麼的。」

「明鏡？他們找妳談什麼合作？」他突然厲聲問。

她以為他喝多了，但他話中的清醒和嚴厲讓她嚇了一跳，舊事上來了，她防衛心起了：「沒，沒談什麼真的具體內容，因為我工作有一搭沒一搭的，這麼大的畫廊找我談談，我當然會期待有點計畫可以做。」

「我為妳不值。」大哥說：「我沒想到妳會這樣作賤自己，跟這種唯利是圖的畫廊合作，那老闆我也熟，但朋友歸朋友，生意人就是生意人。」

「你不是也為這家畫廊寫評論？不也為這家畫廊策畫展覽？」她氣上來了：「你和這家畫廊合作就不算作賤自己，我和他們合作就是了？」

「我是為了妳好妳竟然跟我大小聲？」他推了她，手指著她的鼻子痛斥：「不知好歹，妳太令人失望。」

錦文心裡驚訝慌張，聲音卻尖冷了起來：「說穿了台灣的藝術評論與策展，不是跟公立美術館就是跟私人畫廊合作，什麼藝評文章，不是刊登在靠廣告的藝術雜誌就是登在畫廊出錢印的畫冊。哪一個背後不是商業？哪一個是清高的？也不是沾到錢就一定低下、叫窮的就一定清高。這圈子本來就有它的侷限，重點不是商業，重點是品質吧，如果在侷限之中還能傳達一下想法與態度，我們今天要的不就是這個嗎？」

錦文回瞪他：「髒的不是錢，髒的是人。」

他猛地站起來，手一揮，把桌上的杯子餐盤全掃到地上，旁邊那些酒酣耳熱的人聽到破碎聲響才意識到他們在爭吵，不只是酒後大聲講話而已。

「妳這自甘墮落的東西！我叫妳跟我說清楚妳跟他們要合作什麼，妳竟然給我裝傻！」他戴起帽子離開，怒氣將餐廳震得抖動，走到門口他回頭又對她大吼：

「自甘墮落，妳這個專寫應酬文章的東西！」

藝評人離開後，所有人玩興全失。

作東的中年藝術家說：「他又發作了嗎？你們吵架了？吵什麼？」

錦文冷著臉，聳聳肩。

滿場的藝術家、收藏家不說話，有幾個只好吃桌上剩下的食物、喝半空的酒杯，在亂丟的歌譜與麥克風中坐著。

主人的妻子站出來握錦文的手：「怎麼一喝酒就發作……就算吵架也不要對女孩子這樣吧。」

錦文看出中年藝術家當主人請客的無奈，滿座都是有點資歷的藝術家、收藏家，離開的是重要的藝評人，偏偏惹禍的是個小女生，以錦文的輩分年紀，在飯局中就只是陪客。

滿頭白髮的收藏家對錦文說：「他就是這種脾氣，他以前喝酒也會對我發脾氣，我都沒有怎樣，妳又何必要回嘴？」

錦文想都沒想又惹惱了這位人緣極好的收藏家：「他是這種脾氣關我什麼事？你不在意為什麼我就不能在意？」

週末過後的第一個上班日，沒有事先預約，藝評人走進明鏡老闆的辦公室，關上門上了咖啡後，藝評人直截了當地告訴老闆，他知道明鏡想找錦文合作。藝評人告訴老闆，他和錦文認識多年，從錦文還是個剛畢業的小孩就看著她長大，錦文雖然模樣討喜，不無創意，但論真正的創見、圈內人脈以及專業能力都不足。他談到，錦文年輕氣盛，性格不穩定，又老跟些年輕男藝術家走太近，他為了大家好，才特地走一趟不得不說清楚這件事。

明鏡老闆未必信他，不過明白找錦文合作將來會惹點麻煩，這檔事就不了了之了。

恩恩怨怨，什麼了不起的恩怨也不過就是這樣用情緒、言語誘發結下的。先有恩義後有怨懟，先有怨懟後有恩義，到底哪一個方向比較好？這對兄妹，從此見面就當作不認識對方了。

彼此互當空氣一年多以後，他走到她面前：「我們談談吧，難道我們之間有什麼深仇大恨嗎？」

她沒有表情：「談什麼？」

他果然一激就怒：「妳要覺得不需要談就算了。」

他瞪著她，轉頭走。

他們倆又過了幾年終究還是和解了，是不是真的和解，兩人都不清楚，只是冷眼硬槓了許多年，都覺得要老了，兩人又開始說話傳簡訊。

在畫展開幕派對的喧嘩中，他們見到彼此，有一搭沒一搭地說話，才知道裂痕尷尬就在那裡，餘恨其實也未消。

他也感覺到了，轉頭跟旁人爽快高談藝術動向，她則在展出的錄像作品閃閃青光中感到人世恍恍，談太多藝術了。

大哥同幾個雜誌主編閒談，又喝多了，他舉起杯子尋她，她立刻拿起自己的酒杯手伸長過去碰了一下，啜了口酒她又縮回自己的呆滯之中休息。

他又直直走過來對她吼：「妳憑什麼給我臉色看？」

她又氣又哀傷，明白餘恨是不可能了的，然而這些年她滄桑了，不想回嘴，她討厭糾纏。

她淺淺吸一口氣，世故溫柔地拍拍他，伸手摟他的肩膀。

他手一揮：「所以我說妳到底是什麼東西！」

經過又一次羞辱，她的情緒神奇地得到某種平衡，委屈竟然也覺得扳回一城，主要是因為她體內某種年輕的東西死了，他幾次的胡鬧讓她終於可以不把那些不具血緣的人當親人。因為誰都是外人了，她終於對誰都可以大器與溫情，對大哥也是。後來再見面，她主動坐到他身邊，他們談圈內這一年來哪些人死了，散了，他們分別和更多不同的人結仇了。他有時候會找她，說起妻子的更年期，小兒子上了藝術大學，還有那位深恐遭到遺棄的母親如何吸血鬼般地困擾他。

她鼓勵他，要他適度運動，保重身體，他簡訊上說起跑去大陸發展的那些人，這半年似乎又都回台灣了。

老之將至，倖存者自有倖存者的厚道與無情。

不過她沒辦法談她自己了，一方面是她的人生後來真的沒什麼可以談的，她連心事好像都沒有，她也覺得現在怎麼也回不去那個凡事都和哥哥分享的青春情誼。她希望他過得好，但她不想跟誰好了。

錦文自己開公司後，邀請大哥合作幾個專案，成為臨時的工作夥伴兩人倒是挺有默契，做事兩人都犀利效率。她控管成本帳簿，藝術界的角力場子留給男人出面。

為了趕個大型包案的會議簡報，大哥晚上留在她公司與她的助理一起工作。錦文疲累，便說要出去走走順便買杯咖啡。回辦公室時她在文件櫃半掩的門後，聽到大哥和她的助理閒聊。大哥鼓勵小女生多寫點文章，累積資歷，好好厚實自己的能力。

「錦文當年也是這樣一步步累積起來的。她當老闆很嚴格吧？」

「啊……」年輕女孩傻笑了起來，問老闆好不好，女孩不知道該答不該答，臉紅了：「錦文只是求好心切。」

「我認識錦文快二十年了，怎麼會不知道她的個性，她這個人兇起來很不留情面的，我聽她說過她對妳之前幾個案子在執行上頗有微詞。」

「她是老闆啊，老闆就這樣嘛……」小女生的叛逆被撩起來了，她做了個鬼臉小雞似的咯咯笑：「你知道嘛。」

「沒關係，要不然我幫妳出氣，」大哥揚起眉毛：「我等下在妳面前兇錦文給妳看，我是她大哥，別人不敢兇她，可我沒問題的，她不敢對我怎樣，我兇她給妳看。」

錦文背靠著門，默默喝手上的咖啡，喝得很小心，不發出聲音。她手上還拿著大哥幫她寫的評論〈全球化語境下的反思與生成〉，等下討論過後，還要重新校對一次製成影片。她現在走進去他們一定會疑心尷尬。

那刻她知道自己真是不氣了，對藝術對父兄對朋友甚至對自己，她不一樣了，她現在已經不是藝評，她也不真是藝術行政者，也不是策展人，她是業主。

她輕笑，生怕被發現，躡著腳又走出辦公室，進入大樓那層共用的長廊。順著長廊走到底，錦文面對窗戶，繼續小口小口喝咖啡，望著外頭點點亮亮。她咯咯笑簡直停不下來。這應該是緣分，混雜著競爭與敵視的認同，希望對方死又牽連不放。那外頭的夜，不是深不見底，而是雜著一層灰藍，對面一排排大樓頂端還有紅色燈光，暈著讓雲朵變成粉紅。

這城市從來不是萬家燈火，城外真有一片月。

以前把妳當女人看待的，現在把妳當敵人看。時光必然在她不知道的時候，踩著促狹的腳步，施展了什麼法，然而，這不過是時光的份內之事。

她看自己的手指，幻想著將指甲剪下來，往外面天空一貼，就成了不知道誰窗前的床前明月光。

08

乳房和月亮

其實她也不是第一次在相親場合碰到羞辱事。

她開始創業時，將主要業務放在承包公共藝術案件，當作沒後路地放手一搏。決定這次要是路不通了，就徹底離開這圈子，不要留戀。

那陣子她沒日沒夜地工作，郁昀特別喜歡找她，兩人年紀相仿，郁昀開畫廊，和錦文的業務有點重疊又不太一樣。郁昀本來是米亞的朋友，找米亞到她的小畫廊開個展，而米亞是錦文在圈內唯一的藝術家朋友。米亞很久沒辦個展了，那陣子米亞想拍點新影片，畫了一堆草圖腳本。

米亞過五十了，每天游泳，染了頭髮看起來像四十不到，更年期也不太掙扎。米亞在圈內的老朋友都散了，青年時的創作夥伴有的已經靠藝術賺了大錢，養孩子買房子，定期在海內外開展覽，聲名大噪。而米亞如同漫遊者一樣，雖不是沒有成就，卻也不甚積極，她老說年輕時因為好勝心闖江湖，現在她常常不知道自己究竟在做什麼。在歲月流沙中看著一切，只是惘然。

過去對世界有好多想說的話，現在米亞知道，把世界當聽眾，掌聲之後大家都過自己的生活。而米亞和錦文，彼此作伴吃飯，一點都沒有想對世界飆聲放話的動力。

說什麼都沒有用，米亞說，她看過好多次藝術家朋友為了競爭與金錢計較，她也見過多次酒醉之後熱血好友翻臉的糗態。老了之後大家相待以禮就好。

米亞說她學不會若無其事地和好，或者，不傷感情地分離。

米亞和郁昀規畫合作個展，對郁昀頗為讚賞。說郁昀剛過三十，就從大畫廊業務經理脫離，自己找到金主，獨立門戶開新畫廊，米亞是新畫廊的第三檔個展。

郁昀過度豐滿的胸部、紅底高跟鞋及針織衫窄裙，就這樣搖搖晃晃地撞進米亞與錦文這個太過樸素的友誼世界。太豐滿，太喧嘩，老是哭訴跟她睡覺卻永遠得不到的有錢男人。米亞真是個沒心眼的，交心幾次後米亞就沒戒心很快地接納郁昀，錦文就是對她有本能的猶豫。說不出哪裡不對，錦文也覺得可能是自己本性多疑，來往是來往了，心裡有所保留。

錦文每天都加班，助理先回家她就留在辦公室繼續工作，經常性的睡眠不足讓她開始水腫，心悸與耳鳴也跟著報到。

米亞一見到錦文就數落她臉色愈來愈蒼黃。郁昀什麼都是誇張而富戲劇性的，一聽米亞責備錦文不照顧自己身體，便說自己認識名醫，是位曾經向她買畫的收藏家，對方還跟她示好過，只是她看不上，她隨時可以打電話要那位名醫幫錦文檢查身體。當然那話從沒付諸行動過。

郁昀夜半打電話給她，老是哭訴，哭訴那男人對她若即若離，哭夠了又突然想起什麼似的，嗲聲說有個收藏家最近又對她苦苦追求，追她的男人和太太最近做了次全身檢查，因為是富二代不用排隊，她可以請男人幫忙，幫錦文安插全身檢查。錦文不置可否，知道那話說說而已。

早春時節，錦文過敏犯了，但還在辦公室加班，要兩個助理先走，郁昀來了電話。

「妳現在來我畫廊一趟吧，快來，現在，立刻，叫計程車。」郁昀比平時要嬌嗔，「我不是老說要介紹好男人給妳，是個上市公司副總裁，沒錯啦他是喜歡過我，但是我們其實比較像朋友。我們剛去吃飯，現在在我這邊繼續喝小酒聊天。」

「別開玩笑了，我好忙，我現在好累，臉腫得好痛。更何況哪，妳那麼漂亮性感，喜歡妳的男人就別介紹給我了，我乾乾瘦瘦，不是妳這種漂亮款的。」錦文忍著厭煩仍然耐著性子膩聲說笑，心想讚美這傻逼兩句混過就好，應該可以速速解決這通電話。

郁昀卻不放過：「不不不，這男人現在不同了，他說呀，」她咯咯地笑了起來，「他現在要的是可以跟他真正聊天，內在相通，可以溝通的靈魂伴侶哪！」

「那就是妳這種用腦聰明款的女人嘛！」郁昀尖聲發嗲，錦文可以想像郁昀正在電話那頭搖晃身體，她喜歡穿緊身上衣凸顯胸部，此刻那贅肉必定隨著東搖西擺。

「如果真是要介紹給我，那麼改天約吧，我一定到，今天太臨時了，我今天整天都在工作，臉都出油了，頭髮也沒洗，胃也不舒服，穿一身T恤運動褲，很醜的，改天好好整理再見面。」

「沒關係啦妳麗質天生啦，不管不管妳來啦，有好男人養妳妳就不需要工作成這樣子啊。」

「下次吧，我手機響了，先去接，妳乖乖喲。」錦文沒等郁昀回答就先掛了電話。

錦文掛了電話有種遭到輕慢的不快，之前對這郁昀的懷疑又浮上心頭。她甩甩頭，米亞真是個實心眼的，說郁昀壞話米亞此時也不會信，不管這些了，錦文先處理手上亂七八糟的工作。

她站起身那瞬間頭暈了，扶住桌子，覺得飢餓。她去茶水間泡了熱可可，一小口一小口啜著，逐漸感覺到熱流依序經過食道、胃、腸。

女人真煩，真煩，錦文對於這種在同性之間競爭心過重的女人，已經練就了不動聲色的本事。反正這年紀男人也把她當敵人看了。

一個小時後錦文的電話又響起。

又是郁昀，錦文不耐地喂了一聲，卻聽到電話中郁昀的聲音變成顫抖的哭腔，錦文嚇壞了，不知道是不是出了事。

「妳來妳來，妳來陪我吧，我求求妳。」錦文驚嚇萬分，直問出了什麼事，是不是被欺負了。

「我覺得，我的人生真不值得活，」郁昀像是喝了酒在哭，她在電話那頭啞著嗓子哭泣：「到底我哪裡不好，為什麼總是被這樣對待？」

錦文維持著一點理性：「剛剛同妳一起吃飯的那位朋友呢？他不在妳身邊陪妳嗎？」

「他先走了，先回家去了。現在就我一人，錦文妳來陪我好不好？」

錦文全身疼痛，聽到女人這樣泣訴心軟鼻酸，她對郁昀再有意見，也禁不起這樣的寂寞哀求。她知道寂寞是多麼可怕的怪獸，她今天晚上可以暫時原諒郁昀的粗魯膚淺，女人因為寂寞犯的錯，錦文都可以原諒。

錦文吸吸鼻子，聲音放柔：「別難過，妳等等，我收拾下手邊東西，就過去陪妳，別再喝了。」

錦文飛快關了電腦，關燈，鎖門，招了計程車便趕往郁昀畫廊，直奔接待室。

錦文現在只擔心這個大胸脯的脆弱女人一時想不開。

錦文倏地推開接待室的門傻愣在原地，有男人在，那男人陷坐在棕色單人皮沙發，握著紅酒杯，抬頭似笑非笑地望著錦文。郁昀斜倚著扶手坐在長沙發尾端，高跟鞋上光溜溜的兩條長腿交錯，身上黑色超短洋裝因為她翹腿的關係更短了，只遮住大腿根部。原來郁昀一點都沒喝醉，她見到錦文俠女一般滿臉風霜地推開門，滿臉嬌笑，她的臥蠶把兩眼擠到只剩彎彎的細縫。

錦文冷靜下來才發現，郁昀今天這身行頭，根本不是和普通朋友吃飯的打扮，是精心打扮過的凶器。郁昀不懂欲迎還拒的性感，她的性感從來都是盡心凸顯優勢，永遠是緊身短裙。而今天，那裙又特別短特別緊，還有紅底超高跟的鞋。郁昀還畫了極深的黑眼線。

「喏喏喏親愛的小錦文妳真的來了，我最愛妳最愛妳了。」郁昀甩甩頸間的頭髮，沒站起來迎接錦文，讓錦文就那樣傻不愣登地站著，郁昀向旁伸手抓住男人胳膊，「張大哥哪，這就是我跟你說的聰明的錦文，我剛剛跟你說的優質靈氣熟女，她單身喲，她要找伴喲，她可是腦袋好得不得了，慧黠能幹，解語花呢，就是你說的靈魂伴侶那款的！」

錦文頓時覺得自己可笑至極，一身穿到變型的休閒衣褲，夾腳拖鞋，浮腫疼痛，頭髮散亂。她和郁昀這個時候，就是幫傭的外勞與有錢人家包養的小三的對比。

那男人聽到郁昀這番話反而體貼地站了起來，請錦文坐下，沒露出打量錦文的眼色，還算有教養。他禮貌性地與錦文握了手，又坐回單人沙發。

郁昀帶著詭笑，要錦文坐在男人對面的椅子，問錦文要不要也喝杯酒。錦文力持尊嚴地微笑搖頭，說喝水就好。

「我去幫妳倒水嗎？還是，錦文妳反正知道廚房在哪，妳要自己去倒，那邊應該還有點零食乳酪，妳可以拿來吃喔。工作到這麼晚，妳一定又餓又累吧。」

錦文虛弱地看著這幕戲，逐漸明白郁昀做了什麼，她今天晚上不想跟那男人走，她要找個比她老醜的女人來擋，這樣還可以襯托自己的性感不可方物，看起來還像是我愛紅娘的大方善意。

錦文自己起身去倒水。

走去走回，她肯定了這女人真是不折不扣的賤婢。那女人究竟是在糟蹋自己，還是覺得錦文軟弱可欺。或者，那女人真的自以為聰明，以為錦文感受不到她的惡意。

那男人小肚微凸，戴眼鏡，與郁昀說話親暱風趣，與錦文說話雖然生疏也算和藹。

行禮如儀客套寒暄了一陣，男人捏了郁昀的手背，輕笑說他先回去了。

「怎麼樣，張大哥條件很好，女人緣極佳，年紀大了點，正在談離婚，又幽默風趣。」那男人一離開，郁昀的腰就坐直了，看起來也不太醉了，郁昀立刻換上姊妹般的積極，甜甜巧笑問錦文。

錦文只是笑，只是喝水，問郁昀今天畫廊好不好，米亞的展覽排定什麼時候沒。她們談起美國攝影家，剛得到大獎的那位，郁昀想安排他來台灣展覽，台灣第一次呢。

那晚之後，錦文仍然沒事一樣地面對郁昀，郁昀沒事一樣地繼續向米亞或向錦文夜半吐苦水，泣訴感情，抱怨金主要求她的業績。

「其實我手上有一件大畫，許董說要買，都說好了，只要那三百萬進來後，我這個月就可以和金主交代。」

「既然都說好了，還有什麼好擔心的，就等錢進來就是。」

「唉，妳不知道，幾個月前就說好，可是一直有點小問題。妳不懂的啦。」

「我當然不懂。」

「許董都說好了，都說好了，說只要畫送進他家就會匯款。」

「很好啊。」

「都說畫送去他家就可以，可是，可是，可是……」

「那就送過去呀。」

「可是，可是許董的太太，太太好像沒點頭畫進門。」

「那就叫許董和他太太說，老公想買畫，跟老婆溝通是他們的事情吧。」

「許董說好的啊，」郁昀沮喪發脾氣：「明明去年底就說好了。」

「妳……是不是和許董怎樣，所以他太太……」米亞問。

郁昀不說話。

「不是不是，沒有啦，不是。」郁昀急了：「是誤會。」

錦文擔心米亞吃虧，不過這個擔心沒持續半年。米亞在郁昀的畫廊舉行個展，賣得不好，只賣了幾件小作品，還是米亞的老朋友捧場的。而許董的款項那時進帳，郁昀於是從布展期間就開始怠慢米亞，拆帳的時候還給了米亞排頭吃。

郁昀仍然時不時就打電話，問什麼時候聚聚。

久了，也散了。

二〇〇八金融海嘯那年，郁昀的畫廊默默關門了。

09

咪咪

明維帶了一疊他剛完成的攝影與素描，他和他的朋友圍著小小咖啡桌坐，上頭散放菸灰缸與杯盤。錦文晚到。他在英國讀書，假期回台，共同的朋友約了聚會。第一次見面，錦文害羞認生，找不到話講，只好拿起他的攝影和素描一張張看。為了遮掩自己的侷促，為了讓自己看起來有事做，她看得特別慢，好像很專心地藉此不參加別人的交談。不過，她看得太慢，反而讓人覺得有種愛撫這些照片的錯覺。她手上的攝影畫面，顯微鏡頭一般地將毛髮細孔無限放大，毛孔成了星球表面坑洞，是旋律是線條也是性的深淵。

其他兩人沉默了起來，因為看她低頭埋在這些攝影中，覺得逗趣，明維調侃她。她覺得有什麼東西飽脹地撞擊著。

朋友離席上廁所，剩下明維與錦文。錦文覺得自己應該要說點什麼，但想不出來，於是又低頭看他的攝影，明維就大大方方地也不說話，直直盯著錦文，盯著錦文捧著作品的手。

那個飽脹的什麼，錦文更害羞了，頭壓得更低。

朋友回座後又與明維敘舊一番，晚上聚會就要解散。

明維開他的小車送那個朋友，錦文鬆了一口氣，告別的時候竟然才落落大方起來，開自己的車回家。

有好一段路同方向，明維刻意和她兩輛車並排開。她驚慌了，踩油門加速超前，明維加速追上，她減速，明維也減速，玩耍似的，又像競爭。

「你們兩人怎麼了，玩什麼？在台北街頭這樣飆車？」明維車上的短髮女生問。

明維沒說話，專心操縱手上刁蠻的紅色小車。

短髮女孩好像感受到了什麼，不再追問，每當明維追上錦文的車，女孩就拍手歡欣叫好。

錦文心跳得飛快，油門踩下又放開，你追我跑幾次，錦文找了條巷子猛地右轉甩開他，鬆了口氣。車停在路邊幾秒鐘，她突然臉紅。

「欸，你想什麼？」短髮女生問。

明維在賽車的高昂後，不說話，沒表情，不過看起來不像是低迷。

「想錦文。」

隔了一週短髮女生又約明維、錦文吃飯，還找了其他幾人。

這次錦文不害羞，侃侃而談，笑得多吃得多喝得多。

明維很早就在圈內成名了，會畫會拍照，錦文並不知道這些，只感覺他犀利尖銳敏感，還有種乖張的幽默感，這讓她興奮莫名。就算沒有那份讓她緊張的性魅力，她仍然覺得他有趣極了。

朋友說明維換了新車，德國小車，方方正正。

錦文想起上週那輛被她甩掉的小紅車，指著明維：「換車了？」

明維很樂：「對，還是小車。」

錦文伸出右手：「鑰匙拿來。」

那桌人看著錦文伸手，本來吱吱喳喳，突然靜了些。

錦文也意識到自己當眾撒了一個突兀的嬌，但騎虎難下，手還伸著。

明維手伸進褲袋，拿出車鑰匙，放在錦文手掌上。

「在外頭？」她問。

他點頭。他的眼睛小，臥蠶深，似笑非笑。

她站起身朝向大家點頭：「各位慢慢聊，我自己先出去試車逛逛。」

她裙子一翻飛就飄出了餐廳，遙控器一按，墨綠色小車叫了一聲亮燈。

她興致勃勃插進鑰匙，把車門打開，正要坐進駕駛座，發現明維站在她身後。他瘦高的影子包裹住她。

「還是我開車，載妳兜兜吧。」

兩人進了車，他指節隆起的細長手指操縱排檔，她又突然膽怯。

「別人在吃飯，我們兩人出來兜風，不太好吧。回去吧。」錦文說。

「沒關係，我們又沒去多遠，就轉轉。」

他們兜了整個晚上的風，繞著燈火通明的街轉了一趟又一趟，上了高速公路，往北，上了山間小路又滑到海邊，像是暗綠大鳥展翅滑翔，映在黑色的水面上。回餐廳後，那整桌人當作沒事發生，繼續青春無敵意氣風發地吵吵鬧鬧，電影文學新朋舊友愛與迷惘。一桌歡騰看起來像什麼都沒發生過，也許是大家刻意避免尷尬，那也沒關係。如果感覺像是什麼都沒發生，那就是什麼都沒有發生。錦文這麼想，本來有點心虛，又開心了起來，加入這團亂鬧。

那天夜裡錦文開自己車回家，停好後，明維的車緩緩停在她後方。她一定是玩傻了，沒注意到他跟著她。

他下車走近：「我們要不要談一談？」

她口齒不清：「啊？什麼？」

「我們兩個之間有什麼吧。」他聲音低沉，眼睛蒙上一層薄薄的霧氣。

她嚇壞了，搖搖頭，停，又搖頭，像虛弱的自我辯解。

「沒……」她囁嚅著。

他盯著她，他看起來穩定，穿透力十足，不像她這麼懦弱不知所措。

她呼吸，終於抬頭，正視他的眼睛。

「沒有。」她說。

「沒有？」他問。

她想起明維去年剛結婚，她想到李翊，她看著明維，又搖了一次頭。

他嘴角上揚，圍繞眼睛周圍的好看笑紋浮現，他伸出手，手指頭點點她圓圓的出油的鼻頭。

他說：「好。」

「這麼晚了，送妳到家門？」

「到這裡就好。」她又搖頭。

他瀟灑地對她揮揮手，他的笑眼此後住在她腦子的一個隱蔽角落。

她想，他反正很快要走了，他會到另一個大陸繼續他的學業，他可能會繼續他的學術生涯或開始他的藝術創作。他們人生會就此岔開來，他會和他的妻子走，錦文會在分開的另一邊找路。

一個晚上的心心相印就好，她不想圖謀配額之外的繾綣，很怕命運反撲。

她感到惆悵，以及避開大禍的安心。

像是趕一班夜間捷運，車廂門開了，明維趕上了，過明維的人生；錦文沒趕上，等下一班車。她喜歡他的抒情、驕縱、敏銳、尖刻，以及什麼都可以嘲弄的聰明。有這樣的才能，錦文反而無法預知未來他會壞掉還是成功，也不知道他會陰險還是正直，她知道他會富有，她希望就算他壞掉，也會在腐壞中保有一點點純情。

車門關上那一刻，她就知道她會錯過，他們不同行。

明維曾經有過一隻土黃色小母狗，咪咪。

他在馬祖遠端的小島上服役，住在半地下的碉堡，碉堡內只有一坪左右的空間，住三個兵。

明維是無線發報兵，馬防部每半小時發文一次，無線發報兵必須在一坪大的寢室旁的半坪大辦公室內，接收聽抄馬防總部發送過來的密碼，並將密碼轉譯成為資訊。滴答滴答滴答，發報兵將這些涓淙密流的密語重新整理出意義。

這些滴答滴答傳送過來的密碼都是英文字母，是一些看來根本毫無意義的組合。明維便在窄小密室中，將這些字母用密碼破解轉譯成句子，譯好交給上級。這個小小的昏暗發報室裡，有套美軍在二次世界大戰後留下來的半報廢設備，以及一支外殼磨損的有線電話。

包括明維在內的幾個無線發報兵被告知，他們所在的這個碉堡內小小密室，是承載國家重要機密情報的的地方，因此這個碉堡沒人可以進出，就連比他們官階高的軍官也不能進入，無線發報兵層級雖然低，但由於屬性特殊，直接對軍防部負責，其他單位的老兵絕對不能進入，軍中督察也不能進入。只有每隔一陣子從馬祖本島直接派來的高階軍官與通訊官，才能進入抽查，確認這些發報兵是不是忠貞，是不是確實地每半小時把無人能懂的天書翻譯成為國家安全的關鍵訊息。

翻譯出來的資訊基本上都是廢話垃圾，馬防部發過來的東西，他們轉譯過後的內容多是三民主義統一中國之類的口號，根本不是什麼國家機密。重點是他們是發報兵，發報兵的工作就是接受翻譯密碼並傳送出去，因此上頭就必須想些東西讓他們翻譯，讓他們像工蜂一樣持續每半小時在密室翻譯一次這些符號，不管符號承載的意義是什麼，重點是他們必須保持通訊暢通。

小小密室旁邊他們的寢室，一共三個兵住卻只有兩張床，因為發報兵必須二十四小時都確保通訊管道暢通，三個兵總是處於一個人在值勤的狀態。說也荒謬，發電報需要電，可他們的小小碉堡常常缺乏電力，只有每天早上六點到八點，每天晚上六點到九點這兩個時段有電。

不值班的時候，明維走出小碉堡，站在碉堡外掩著碉堡的壕溝上呼吸看海。菜鳥進來後，他成為刁難菜鳥的老兵，喝酒抽菸，躺著昏睡，醒來看海，他進出昏暗的密室，叫菜鳥好好翻，好好持續進行一場他早就知道注定失效的溝通。

那些密碼不通往機密，不通過去，也不向未來，上不了天，下不成俗。

就像他一樣。

在小島當兵的男丁大家都一樣，喝醉的時候多，傷天害理的事也沒氣魄幹，欺負人的壞事沒斷過，那些不知道哪來的恨意老是混著惆悵。

把明維關到邊陲之島小小密室之內，翻譯一些根本沒有意義的密碼，這也合理。像他這樣在學校時候就在文化菁英小圈子被當作明日之星對待的年輕男人，一方面上山下海參加社會運動，一方面渾身充滿亦正亦邪搞藝術創作心高氣傲的優越感。明維參加學生運動的紀錄都在，軍方把他關在偏遠的小密室內度過青春兩年，與世隔絕，要陷害或要阻絕都可以。與他同梯的另一位搞運動的同學，同樣也分發到馬祖小島服役，不到半年就被判軍法，罪及死刑，後來還是幾位黨外立委奔走，事情鬧大上了媒體，才救了他的小命。

這是座海中的石頭島，形狀像是倒著放的肉粽，他的小碉堡就在石頭島最上頭的尖端處，那裡寸草不生，而青春將蕪。

明維還是菜鳥時，他的師父去島上看狗生產，帶回了咪咪。

說是師父，其實他的年紀還比明維年輕，但他帶著明維進入狀況，教他電報室的機器怎麼用，教他密碼系統怎麼譯。

咪咪是軍犬狼狗與當地土狗交配生下的小狗，剛來的時候一雙眼睛大大圓圓的，可愛又好玩，當兵的年輕男人們逗著牠打發日子。咪咪長得快，半年後就可以見到牠的臉像狼犬一樣，卻生著四條短腿。背是狼犬的黑，腹部是土狗的黃。

師父退伍後，老鳥明維成為其他人的師父，咪咪成了他的狗。他成天在坑道碉堡內進出走動，喝酒昏睡。興致起來，他訓斥菜鳥時，還叫咪咪去吠新兵。他將咪咪綁在壕溝出口，只要有人靠近，咪咪便會大聲狂叫。此後他更放心去醉生夢死。

咪咪的眼睛是茶色，好圓，牠的叫聲好大，明維說，牠很盡職。

一天餵咪咪一次，他和廚房打菜的是同梯，吃剩的菜餚或廚餘他們會打包，明維每天去領，蹲下餵咪咪，他在一旁抽菸陪牠吃飯。

後來他也不綁咪咪了，咪咪在壕溝碉堡可以四處走動，是他們的一員，只要張嘴一喊，牠便興高采烈地從遠處奔來。

年輕士兵寂寞無事，狗養得愈來愈多。

他們的砲兵連隊一共六十多人，竟然養了五十幾隻狗。十幾個不同小碉堡寢室分布在幾百公尺的壕溝邊，三人一間五人一間，較大的也有十人一間的，宛如小小蟲洞般坑坑疤疤地往地下探掘。每個小碉堡彷彿都有一隻自己的狗，土狗多，還有一兩隻狐狸狗，各在自己的領地長大，每隻狗有自己的守護區。

咪咪其實膽子小，除了叫聲洪大，不太與其他狗打架。

有一個怪異的冬天晚上，沒風，起大霧，霧像安靜滯重的簾幕垂壓。小島一起大霧就伸手不見五指，就算用手電筒也只能模糊見到眼前十公分的範圍。

他正喝酒，聽到壕溝有奇怪的騷動聲，帶著酒意拿起手電筒尋找騷動聲音來源。是鬼也沒關係，那時候他那樣覺得。

他一步一步走到壕溝那端，走到很近處才見到，咪咪在深重夜霧中，被許多隻狗團團包圍住。咪咪茶色圓大的眼睛張惶驚恐，明維被那可怕的狗群嚇到了，但咪咪的可憐眼神以及他自己的酒意恨意突然一起發作，明維從地上撿起棍子，不顧自己生命危險地見狗就拚命狠打。那群狗，初始往後退，幾度衝上前，甚至要圍攻他。他狂嘯怒吼中用盡力氣狠打，打斷了手上的木棍，又從地上撈起別的樹枝繼續與狗群對打。

狗散了。咪咪在旁邊等他。

那夜過後，他們繼續過日子。一陣子後，咪咪消失了。

他沿著壕溝上下走動四處找咪咪，平日餵養，出聲叫喊就來、不時就出現在身邊遊蕩跟隨的小母狗，他找了好多天這次就是不見蹤影。

他的徒弟有天跑來報告，說聽見小狗聲去找，發現壕溝入口處有個石頭洞，裡頭有好幾隻剛出生的小狗。

明維急急走過去，咪咪正站在石洞旁，高興又緊張地看著他。
他吩咐徒弟去廚房拿點東西來餵咪咪，但咪咪不吃，只是看著他們蹲在洞口抱抱玩玩新生的犬仔。

咪咪那一窩生了四隻小狗，兩隻尺寸比較大的，像極了咪咪小時候的模樣，圓眼睛，黑色的狼狗臉，腿短，腹部是黃色。另外兩隻比較小的，栗子色而短毛，比咪咪的毛更短些。

咪咪不太知道怎麼餵奶，笨拙魯鈍地靠近自己的小孩卻不得章法，臉上長滿青春痘的年輕士兵在旁邊幫忙咪咪，幫不上忙的便屏息打氣。那是這些男人被放逐且過早自棄的青春時光意外的柔暖喜悅。

過了幾天，兩隻比較大的小狗，一隻長得比較快，另一隻死了。
兩隻栗子色比較小的狗，一隻給其他寢室的兵帶去養，另一隻也死了。
那隻留下來的比較像咪咪小時候的狗，又被士兵帶去給島上民家養。

經歷了這一場，咪咪又回到孤身一人，回到牠在石堆中遊蕩的命運。
明維突然發現，一歲的咪咪，一下子老了。

碉堡前掩體門口有一棵瘦弱的檸檬樹，小島風太大，那樹根本長不高，能活著都是奇蹟。但每年春天鳳蝶都在這棵樹的枝葉上產卵，不久後化成蛹，化成肥肥的綠蟲爬滿那樹，最後才成蝶飛散而去。

明維剛到的時候，師父帶他認識那棵樹。他看到蝴蝶蛻變後褪下的破殼。第二年春天，師父離開了，他每天到檸檬樹下觀察那些卵，看著綠蟲一天天肥大爬滿檸檬樹葉，綠蟲頭頂長著細緻的鮮紅色觸角，釋放出強烈的檸檬氣味。

明維先前拿了個蛹到碉堡寢室放著。有天他又喝得爛醉，醒來快要正午，小小的未開的低矮窗戶玻璃透進半分天光。他迷蒙張開雙眼，寢室沒人，只見到房間裡頭滿佈著數不清的鳳蝶飛舞。那個不到一坪大、高不及一米八的半地下小房間，空氣正在細細碎碎地神祕顫動。他從上鋪翻身下床，從桌上摸了眼鏡戴上。他的肩頭、手臂、臉龐都飛上這些充滿白色複雜華麗斑點原始圖騰的大型黑色蝴蝶，輕輕重、重重輕地飛著點著覆上他的身體。

桌上的電報機、啤酒空罐、倒下的杯子、室友扔下的內衣，全被這些紋滿美麗到令人恐懼、無從解讀訊息的生物覆蓋。

他遲疑了好一陣子，搖晃拖著腳步，將寢室的小門打開，讓外面的空氣灌入。他讓滿室鳳蝶飛出，還有那麼一兩隻停在裡頭不走。

咪咪離開明維四處遊蕩的時間愈來愈長，那雙圓大的茶色眼睛常常失神空茫，咪咪變得愈來愈瘦。明維叫牠來，像以前那樣逗牠，牠偶爾會突然回神盡責任似的玩兩下，隨即又失神，不太理明維。

明維注意到咪咪的毛大量脫落，剩下的些許小短毛變得粗粗的。

咪咪愈來愈瘦，身上的毛愈來愈少。他知道咪咪生病了。

鳳蝶孵化的時節是四至五月，明維還有不到一百天退伍。他每天早醉晚醉，醒著的幾個小時他唯一掛念的，即是去買藥回來幫咪咪擦。咪咪討厭死那個藥，而那藥的確一點效用也沒有。

明維退伍前一週，指揮部推動一項大型的滅狗計畫。

小島上的狗實在太多，有人管沒人管的都多，上頭認為狗兒浪費過多本來該屬於人的資源與糧食，要軍人準備好，即將展開大規模撲殺。

他不知道該怎麼辦，他就要離開這個小島，咪咪生病醜陋而癡呆，這樣下去，沒有人會照顧牠，送到民家也不會有人要，咪咪一定是首先被撲殺的對象。

他覺得這樣不是辦法，叫手下趁公出時用軍用卡車把咪咪載到遠方山頂的水庫附近放生，水庫旁是垃圾堆，他想咪咪應該還能找到東西吃。

那地方連人要過去都不簡單，明維一邊喝一邊想，應該從此就與咪咪分別了，將來各過各的日子。

菜鳥回來報告任務達成，明維讓他坐下來一起喝酒。

五分鐘後咪咪自己回來了，腳上還拖著先前綑綁牠的鐵鍊，出現在他面前。

他看著咪咪，開始哭泣，在菜鳥面前哭得眼淚鼻涕糊成一團。

咪咪，你要我怎麼辦，你要我怎麼辦？

他痛哭流涕問眼前光禿禿又瘦又歪的咪咪。

他還是喝酒，每天醉醺醺。夜剛降臨時他起床走出寢室去尿尿，尿完看見咪咪。

他走回去，正要進碉堡時在門口地上看到一隻木棍，他彎腰撈起木棍，回頭去找咪咪。

咪咪，他喚。咪咪立刻出現，瞪著圓圓眼睛看他，露出很久沒見的純真。

明維手舉起棍一棒敲擊咪咪額頭的正中央。

咪咪慘叫，倒了下去。

明維屏住氣息等著。

倒下的咪咪沒死，搖搖晃晃站起來，又跌下去，又緩慢用短腿撐起皮膚病的斑瘡身體。

咪咪才剛要站穩，明維又一棍猛擊，打歪牠的前腿。

咪咪還要站起，明維又打牠，牠要站起，他又打牠，他一直打一直打，邊哭邊打，打到後來力氣弱了準頭失了還是猛打，咪咪眼球凸出掉落，整個身體癱軟散落在地上。

明維叫徒弟過來，將滿身是血的咪咪拖到碉堡屋頂上方，那裡有根電報用的天線桿，他要徒弟將咪咪綁在那邊。

他回到寢室內，繼續喝酒，醉昏了於是忘記了這件事。

第二天黃昏他醒來，想起昨晚，刷牙洗臉後，他穿了上衣，爬到平常根本沒人上去的碉堡屋頂。

他感到愧疚卻又萬分解脫，走近電線桿。

咪咪竟然還活著。

那隻狗全身根本不能動彈，卻還勉力想對明維搖尾巴。

他突然變得清醒冷靜迅速，呼喊菜鳥將野戰步兵用的電報機搬上碉堡屋頂。那種電報機有天線，以幾個電池串聯發電。明維要菜鳥用電報機的電線將咪咪吊起來，一頭綁在咪咪後腳，一頭塞進咪咪口中。

他一聲令下，機器通電瞬間，咪咪立刻死亡。

他非常確認這次牠死了，明維說，他看到咪咪脫糞。

10

貝露莎

那天下午，錦文又看到蘋果綠套裝的黛安娜，高大身影上了碼頭邊的渡輪，她的身邊環繞著許多穿黑西裝的保鑣。

黛安娜那樣高大，不能再多了，再多一點點都會讓黛安娜看起來像金剛芭比扮裝皇后，從這麼遠的地方看她，遠處看不到她帶著的脆弱討好特質的優雅。

錦文於是揹著包包在古都閒逛，這幾天看膩了叛逆嘶吼的當代藝術，她於是到學院美術館看教堂三聯屏，耶穌與瑪麗亞、馬槽誕生的聖嬰故事。回旅店的時候，她經過石板路上，看到一具無頭的鴿屍，灰色的羽毛上光澤未逝。錦文蹲下來研究鴿屍，頸部傷口沒濺出什麼血，她因此推測鴿子是死後頭才掉落，也許屍體遭貓狗咬斷的。

黛安娜與女孩的相遇，是創世紀裡米開朗基羅壁畫中上帝與凡人的手指相接，還有史蒂芬史匹柏電影中ＥＴ與小孩的手指相接。那是外星人的波長傳送，時空座標軸線的短暫異位，藏了一份試圖傳達什麼祕密的渴望。

黛安娜挑選了錦文傳送專屬外星人的密碼嗎？那麼迪妮則一見鍾情似的選擇了王菲作為自己的投射與轉移，王菲是迪妮自己選擇的，陪她度過平庸人生的私密朋友。

錦文和迪妮是九〇年代天真富裕社會的典型產物，她們的人生只有過度工作與大量消費，她們用這兩件事探索身體與心智的能耐。那個人類從類比走向數位的關鍵年代，藝術圈的女孩們仍然在美術館玩耍，拎著新買的包包，裝著B.B.Call這個黑色小盒子，在人類歷史的轉折痕跡上踏踏而過。

錦文與迪妮推門走進東區的小咖啡館，強烈的冷氣襲來，咖啡廳一桌桌滿滿都是人，全是早上去號子蹲點看盤，點數漲了歡騰吃午餐，下午進畫廊花錢買畫的人，他們的午茶時間續談股市行情。男男女女，激昂興奮，錦文和迪妮覺得錢真是好事，錢讓這麼多人快樂，讓人學習優雅，讓人覺得未來有希望。

「全台北不用上班的人原來這麼多啊，我還以為只有我們這圈子的人不上班不打卡。」錦文喃喃回頭對迪妮說：「為什麼在台灣大家都可以不用上班又很有錢呢？」

「別小看這些好像每天閒閒喝咖啡的叔叔阿姨，他們說不定上午出了號子下午就訂了一百萬的畫回家掛著哩。」

一桌客人起身，她們連忙趕去坐了下來。

錦文放下包包，扭動頸肩，從包包翻出剛剛看過的個展畫冊，重新檢視一次剛剛幾件她特別在意的作品，從小內袋翻出彩色便利貼，在那幾件作品上一頁頁做註記。迪妮從化妝室回座，攏好了剛剛散落的頭髮。兩杯維也納咖啡上桌，錦文連忙收起畫冊筆記，堆放在腳下比利嫉妒的短筒皮靴提袋旁邊。

錦文喜歡迪妮，迪妮豐胸細腰美臀，雙眼明媚，好多小畫家邀她當模特兒。錦文平胸扁身，四肢細長，眼睛永遠濛濛地像沒睡醒。迪妮充滿自信，這點讓錦文相處起來很輕鬆，因為自信的人眼裡裝滿了自己，沒有別人，錦文就不會感受到被人審視偷窺的壓迫感。這兩個女孩只要適度處理好她們還不太會控制的競爭心，應該就可以當很久的朋友。迪妮在意美貌與魅力的比較，錦文對她突如其來的競爭一律退讓，因為錦文不喜歡女生欺負女生，那時候她太年輕，沒發現她那種自以為凡事退讓的態度，在別人眼裡反而更像是種驕傲。

她們倆剛剛去看了展覽，經過因為興建捷運老是吵吵鬧鬧的忠孝東路，買了皮靴，還去試穿Polo牛仔褲，車斜紋，顯瘦長。

迪妮拿了小號試穿，褲頭太緊，她賭氣不肯試穿中號，出了穿衣間。

錦文順手接過迪妮剛剛試穿的牛仔褲，指著試衣間門問：「如果妳不介意的話……」

迪妮聳肩叫錦文去試試無妨。

幾分鐘後錦文穿著那條牛仔褲走出來，迪妮從鼻孔哼出：「怎麼可能我穿不下的褲子妳竟穿得下！」

迪妮戳錦文的背，轉頭不理她。錦文故意晃著那條牛仔褲去刷卡，順手又拿了一件紫色的線衫。

迪妮順手敲了她的後腦勺一下。

消費與物質帶領女孩探索自我的疆界與歷史的形狀，至少在那時候，女孩是這樣摸索出自己與世界的關係的。女孩也相信，台灣剛變得自由富裕民主，未來只會更自由、更富裕、更民主，大家只要順著前人起了頭的康莊大道走下去，就會茁壯健康。到處都是運動，解構什麼衝撞什麼，體制一點也不可怕，階級打亂了，性別鬆動了，這世上的所有疆界已經模糊，整個地球同步地噴射機般地，將以線性往前。而他們這一代正好承接這個風起雲湧、躁動浮誇而處處生機的世界。

冰甜的奶油混著熱燙苦澀的咖啡，用舌頭捲著，吞進喉嚨。

「剛剛那個畫家也敢說這是新作品嗎，不過是二十世紀前三十年所有繪畫形式的拼盤而已，不過，這種東西學者喜歡吧，作為藝術史社會學的插畫，這種文章最好寫。」錦文叨唸。

她高傲地翻閱那些精裝發亮的銅版紙畫冊，覺得俗氣，把那些花大錢印出來的畫冊嫌惡地推到一邊，宣判：「沒才氣就不要這麼執著，可憐印畫冊的樹了。」

「那人下個月畫廊還要推他當香港博覽會的主角，說他是充滿在地批判性與國際化接受度的哩，妳管那麼多，不干妳的事啊。」

迪妮把蛋糕推到錦文面前：「幫我吃。」

「哎呀……」迪妮又把隨身聽也推到錦文面前，指給她看CD，閉起眼睛如夢似幻傾吐：「這是王菲，我覺得我就像王菲。」

「誰？」

錦文看CD上的女人相片，理了平頭，大眼，唇線畫得比原來的薄唇豐厚。但錦文看到迪妮臉上莊嚴而欣喜的表情，相當吃驚。

迪妮指著那個平頭大眼的女人照片：「她是我的心，別人不懂的那部分。」

李翊帶錦文去買香檳色小海豚，因為缺貨，多跑了兩家店，選了門號，她正式成為手機時代的成員，他們喜孜孜地成為歷史上絕無僅有的一批孩子。幾年後錦文包裡的寶物成了數位手機，她便忘了曾經有過的黑色小盒子、香檳色小海豚。

網路是自由民主平等的具體實踐，隨同著國際化的浪潮，亞洲城市與歐洲城市享有同樣脈動，沒什麼東西是這裡有而那裡沒有的，身體在律動中，城市也在律動中，他們覺得自己不僅是台灣人，還是國際人世界公民。西班牙策展人頌斯宣稱「The Sky Is Unlimited」，網路的無邊無際，跨邊界是王道，今後再也沒有國家民族、年紀人種、歷史傳承的邊界，藝術不分類型，那才是真正的豐富自由。要什麼，就伸手拿什麼。

全球化的五彩泡泡，天下大同，電子音樂的迷幻，對錦文來說未來是個充滿消費氣息的烏托邦。他們當時誰也沒想到十年後泡泡破滅，股市震盪，亞洲金融風暴讓畫廊關了一波，網路泡沫化又有畫廊倒閉。他們當時也沒想到，全球化主義盛極之後，地域性貿易的反動興起，他們也不知道金融資本主義會把他們的中年哀矜搞得面目全非。

全球化，世界大同，巴黎倫敦東京威尼斯哥本哈根，當代藝術的串連，她是藝術人，地球人，是宇宙人，乘著翅膀飛翔，天下無敵。

秋天下午，同樣喝維也納咖啡，迪妮戴著耳機聽王菲，穿粉紅緞面洋裝，高跟包鞋，上了大捲的頭髮披在肩上。迪妮的神情從單純變得複雜，自戀而惆悵，然而那卻讓她美了，讓她原本的活潑傾向沉靜哀愁，彷彿迪妮原本單純的心房，生出了不同向度的隔間，使得哀愁找到空間進駐，人生就要成熟複雜。
迪妮剛訂婚，男人半小時後來接她，說是要去看木柵一棟房子。
迪妮告訴她，前天他們去看男人的祖母，祖母送未來孫媳婦一套金鍊子和翡翠戒指當結婚禮物。
愛情的憧憬好似淡紅色流質，在她身邊流淌。
這時她又說起王菲：「王菲和我一樣，都是無法和人吵架的人，生氣反而口拙，回不了嘴的。就算被誤解了，我們也說不出話。我們都是情感豐富卻無法好好表達的人。妳知道好多次我被辦公室那些人弄到氣壞了，牙齒咬到痛了，卻還是什麼都說不出口。」
「唔。」錦文審視著即將成為新娘的迪妮的臉，長長的睫毛影子在臉上成為兩道弧形。豐潤飽滿的下巴，預言著美好的晚年生活，子孫滿堂。王菲是清的孤的，迪妮是厚的濃的福氣的，口拙是真的，但本質上是莽撞好勝的。
「討厭，妳還是不聽王菲對不對。」迪妮拿出起司餅乾，送進錦文的嘴巴。
錦文猜想迪妮此刻正在學習如何成為更成熟的女人，像是妻子。
迪妮向玻璃窗外望：「他快到了。」
迪妮開始收拾桌上的雜物，繼續哼著王菲。

白色的ＢＭＷ停下，迪妮起身奔出，走之前把王菲的ＣＤ塞給錦文：「妳聽一下，不聽就還我。」

迪妮渾圓臀部包裹在新嫁娘氣息的粉紅洋裝中，發達的小腿肌肉隨著跑步一抓一抓收縮。

錦文在咖啡廳門口，朝著這對未來夫妻的車屁股揮揮手。

白色ＢＭＷ向前駛去，車尾逐漸變成小點，錦文突然有種她和迪妮此後天涯兩隔的欲淚。

儘管，島嶼仍富裕，女孩仍然金燦，她就是不知為何，有份哀愁的預感。

錦文小時候最喜歡貝露莎。

貝露莎有茂盛的長捲頭髮，矮小天真，貝露莎有變身的超能力，總在世界發生危難時，旋轉身體，唸一串神奇咒語，突然變成長手長腳高眺時尚的大姊姊。貝露莎神奇地扭轉乾坤，挽救人類的危機，改變了世界。一場場人類根本還無從察覺的大災難，就在時間與時間的縫隙中，貝露莎悄悄化解。

貝露莎瞬間又從大姊姊變身回復三頭身不懂世事的小甜心。

如果時光機真的存在，錦文這麼想，未來的貝露莎回頭拯救了年幼的貝露莎及她的時代。

錦文找到日本漫畫的美少女戰士古小兔，超時空要塞的林明美，新世紀福音戰士的綾波零。這些女孩擁有纖細易折的腰肢，清秀細緻的面孔，卻都有雙與她們脆弱臉蛋極不相稱的，具備發達強健肌肉的大腿。

當地球發生危機，邪惡勢力與外星異族企圖摧毀人類最後一絲命脈，是這些看似孱弱、被男子視為性目標而無一是處的晶瑩女孩，搖身一變成為戰士，捍衛人類的存續，讓地球生存的命脈能在隨時可能毀滅虛無的宇宙中得以延續。是林明美那風花雪月靡靡之音的流行歌曲，維繫了愛與和平的氣息。是美少女戰士，讓青山綠水無恙，讓泥土依然芬芳。沒人知道，歌舞昇平、車馬興隆、男人在紙醉金迷侃侃而談江湖多災爾虞我詐之時，是這些平時一點也不起眼的美少女戰士挺身而出，拯救了全人類。

她們是銀河之女，宇宙傳奇。

錦文揹著她的墨綠色普拉達雙肩尼龍背包，走過一家一家畫廊，看遍一座一座美術館，蒐集未來人類文件似的奔忙。迪妮換過冰晶白、煙雨綠的眼影，戀愛結婚而後持家，風風火火。

那個時代，台北街頭，全是美少女戰士。

王菲和竇唯結婚那年，迪妮與ＢＭＷ男結婚。婚禮上迪妮將捧花丟向未出嫁的女性朋友，一群穿著粉嫩小洋裝的美妙女生群集在新娘身後，等著接捧花。錦文坐在位子上不動，不肯上前，迪妮丟捧花之前張望了一下，見到錦文屁股黏在椅子上不肯動，伸手招她，要她也加入搶捧花的女孩。錦文只是笑，搖搖頭。

王菲生下竇靖童那年，迪妮生下女兒，英文名取作費絲。

連李翊都讚美迪妮是他見過最美的孕婦。迪妮除了腹部隆起，手腳臉都沒發胖，皮膚益發光亮，買了水藍色碎花長洋裝當作孕婦裝，絲毫沒有荷爾蒙失調導致的皮膚問題。即將為人母，她的臉上開始出現謹慎意味的聖潔光輝。

費絲出生後，別人帶著嬰兒服裝、教育玩具去看新母親。錦文買了一整套瘦身油與按摩霜送去。

費絲四歲的時候，迪妮突然問錦文是否曾經聽過那個傳言，說她在懷孕時挺著大肚子跑到丈夫辦公室，打了傳說中丈夫外遇的女同事，還向丈夫的上司哭鬧。

「這樣。」迪妮淺淺笑著。
「嗯。沒有。」
「真的?」
「沒有。」

瘦長的王菲光腳在演唱會舞台跳躍，輕唱千言萬語，不知道為了什麼，憂愁它圍繞著我，我每天都在祈禱，快趕走愛的寂寞。王菲的眼淚流出，混融了青色藍色的眼影眼線，化成一條髒黑的河流，流下她的臉頰。

王菲私下穿著工作褲與運動鞋在機場出現，迪妮與丈夫去香港旅遊，照片中也穿著寬鬆運動褲與運動鞋。她追隨了偶像那陣子偏愛的運動風，摒棄了過往凸顯曲線玲瓏的小公主風。

王菲離婚後，和小她十一歲的謝霆鋒牽手走出蘭桂坊酒吧。錦文冷眼看著迪妮，會不會在這個關卡與王菲道別，因為迪妮不可能追隨王菲的人生軌道，不管是選擇離婚或是選擇與小十一歲的男人相戀。

謝霆鋒到台北拍戲，王菲到台灣會情郎，在片場附近的飯店房間拿望遠鏡癡望愛人。王菲那天戴復古大墨鏡，著桃紅襯衫、七分小喇叭牛仔褲與中國繡花拖鞋。

迪妮走遍來來飯店地下一樓的國貨商店與愛群商場，選了一雙乳白繡淡黃粉紫亮片的拖鞋，穿上七分刷色牛仔小喇叭。

謝霆鋒在曼谷私會張柏芝，王菲不發一語，把自己關在房裡音樂開得大聲。

迪妮垂著雙眼，眼觀鼻鼻觀心，心事重重。她對錦文幽幽訴說：「我們沒有什麼好回應的，沒有什麼必須對這世界解釋的。」

BMW男認為男人最好的工作是獨當一面當老闆，女人最好的工作是秘書，如果是個行事俐落氣質娟秀會說英文的秘書，那更好。

迪妮辭掉藝術雜誌編輯的工作，她本來就對藝術不熱衷，只是因緣際會地覺得藝術還算有趣，便這麼做了幾年。她轉到報社當影劇記者，跑流行音樂，還離王菲又近了些。

她告訴錦文的時候，錦文不吭聲，迪妮又看到錦文不以為然的驕傲。

「做影劇沒有什麼不好，我一直喜歡這個，我其實討厭態度高傲又故弄玄虛的藝術界。」

錦文還是不吭聲，把冰甜的鮮奶油捲進咖啡裡頭。

「那個比藝術好太多了，」迪妮也不高興了：「真小人比偽君子好多了。」

錦文沉吟：「那個，倒是。」

錦文老想穿Romeo Gigli的衣服，圍頸大領，鬱金香泡泡裙，垂肩掛膀，如立體建築般纏繞全身。那是文藝復興混著龐克，那是天鵝絨與錦繡珠串，金棕蜜橘寶藍翠綠，那是刷白的臉色與重黑的唇色，那是文藝復興女神，同時也是街頭的流浪兒。那時一個策展人姊姊常和她的藝術家男友去買這個牌子。男友和別的女生睡覺的時候，姊姊就在手上燙菸疤，那許多菸疤平常蓋在Romeo Gigli的袖子內。錦文喜歡歸喜歡，穿上身並不適合，因為她的身體扁薄，撐不起來豪華氣勢。

那時候藝術圈人喜歡穿三宅一生，身體線條隱藏在密密皺褶裡面，移動的時候像個立體雕塑。可畫廊經理胖胖的身體和小丸子頭穿三宅一生，活像個移動中的燈籠。錦文買了灰色三宅一生長褲，配運動T恤開襟毛衣與Converse球鞋，她自己樂得很，覺得很有混搭巧思，畫廊經理過來拍她，問她幹嘛買這麼貴的衣服卻亂穿好可惜。畫廊經理後來在二十一世紀的第七年自殺，燒炭，錦文記得她死前一個月，還曾說過電波拉皮比買保養品划算。

新婚不久BMW男買了一個酒紅色的山本耀司後背包給迪妮，俐落優雅的線條讓人癡醉。迪妮天天揹那包，穿什麼都顯格調，因為每天揹，包包塞了雜物筆記圍巾零食，喝咖啡時有時候就放地上灑脫不羈。錦文戀物，看那個山本耀司包包鼓脹得快要爆開，問迪妮怎麼捨得拿這樣高雅的包包每天塞雜物。

迪妮笑：「妳怎麼和我老公一樣，說買了好包要珍惜，偶爾揹，哪有人當作日常工作包。」

「那可不。」

「不對，正因為這包比別的包貴十倍，並且比別的包包精細耐用，我更應該每天用，讓他花的每一分錢都確實使用到，而不是覺得貴就放在櫃子裡，偶爾用，那錢不是白花了不值得。」

錦文大笑，覺得自己是窮人腦，好東西捨不得用，怕壞掉怕失去怕匱乏，有囤積的傾向，迪妮是貴婦精明腦，懂得讓每一分錢都發揮它應有的效益。

山本耀司在法式的簡雅禮服上畫了一朵日本和式的寶藍色花朵，神祕絕美得讓整個歐洲驚嘆。日本設計師在整個九〇年代為歐洲注入東方風潮，川久保玲三宅一生高田賢三，東方熱席捲全球，藝術界是日本熱後接著中國熱。簡約低調是富裕的象徵，台北街頭一如紐約巴黎街頭，全是瘦長冷淡一身黑的行人。還有來自小國偉大的安特衛普六君子，他們擊敗時尚主流。充滿未來感的Helmut Lang，冷靜雍容的Jil Sander，普拉達用尼龍取代了皮革。

簡約說得最多。錦文將大波浪長髮剪掉，換成男孩般的短髮，她平胸無腰的扁薄身材，盼來了自己的鼎盛時代。細緻毛料灰黑一字型洋裝，皮夾克牛仔長裙，細長四肢深紅唇色，是男也是女，超越了這世界涇渭分明的理解。

那個年代時尚的主要概念就是反時尚。八〇年代女人做假墊肩假腰線，西裝成套的power dressing被藝術家摧毀，也將擠胸束腰、刻意製造女性化線條的威權摧毀。平胸單眼皮女性的自尊有超能力，男人也不興肌肉勃發。這世上最美的莫過於是擁有男性魅力的女人，以及擁有女性魅力的男人。東方與西方雜交、街頭與伸展台混雜。藝術家的解放，輝煌的概念性設計，是那一燦爛經濟高峰中崛起的榮光。設計師反設計，時尚人反時尚。

錦文因為傷心離開藝術界的年紀，不再買衣買包的時候，搭著公車遊魂似的在台北流浪，完全沒注意到，時尚集團以龐大資本默默吞食掉那些錦文曾經愛慕仰望的花朵。集團收購再收購，將反叛精神的設計師品牌併購進入旗下，大量生產，大量送到全世界的每一個角落。錦文沒有想過，執迷的國際化成為魔咒，原本孳子們幻想的天下一家是多元共榮，資本先行的國際化則讓天下一家以標準化與單一化規格化出現。台北東京巴黎紐約馬德里的專櫃上買一模一樣的包，這個城市那個城市等於被同一個集團收購。富人沾沾自喜，在金融資本溫水煮青蛙的凌遲中，我們平頭而不平等。

設計師退出了自己創辦的品牌，就代表了那個品牌已死。山本耀司在一段訪問中說，藝術家這個角色應該抵抗現實、打破現實，他不時問他自己究竟是個藝術家還是時尚設計師？

一個年代過去了，身體還在沸騰，世界卻已失焦。

他問自己還要繼續創作嗎：我該如何結束，我該停在哪裡收手？

「要是我不肯賣給時尚大集團，我的東西就上不了櫃，失去與顧客見面的管道，也賣不到國際。」

他苦澀說：「可是賣給了他們，我就得開始做包包……」

在短暫金光未褪之際，這世界就飛快地容不下任何有自尊的人了。

股市指數要到九〇年末才第二次爬上了萬點。類比走到了數位，ＰＣ的平價化造成供應鏈上所有廠商都賺足了錢，在一波洗盡所有的倒閉潮後，存活下來的畫商對著電子新貴諂媚癡笑，而二十一世紀初的網路股票泡沫化，又讓藝術品從這群人流到另一批人手中。藝術圈的人這才警醒，曾在解嚴後欣欣向榮的台灣市場，只是一股包裹在國際化泡泡中的內向式在地式的本土歡樂慶典。世紀末中國大開大闔地誓言另闢藝術論述主流，中國藝術家成為歐美論述的新寵後，台灣畫市又在新世紀微量復興。畫商們這次細聲細語提醒自己，這波興盛是依附大陸熱潮而起，於是悄悄在北京上海置產，不是擴張而是買未來的保險，誰也不敢如十年前的自大傲慢。

二十世紀的最後十年，李翊、明維還有整批立志闖蕩江湖的藝術之子，去倫敦去紐約；二十一世紀的前十年，活下來的中年人、後生的叛逆藝術新秀，去上海去北京。

而錦文，只是站在台北，一直在街頭。

這個島嶼終究不如女孩青春盼望的，線性地奔向光亮，時間以曲線凸鏡式跳躍，嘲弄了他們當時樂天的期待。

錦文記得有家短暫出現過的小畫廊，畫廊老闆夫婦平易親切，甚至帶點土氣，與那些動輒晚宴家居豪宅的大畫廊老闆不同。這對小夫婦的品味同樣也是平易而帶點土氣的：前輩畫家走紅的時候他們沾了點邊，抽象大賣的時候他們也做了幾檔展覽，勉力跟著風潮走，沒有揭示性的勇敢品味，也許是沒有足夠深的口袋，只能孜孜兢兢地跟著大錢流動的方向，抓住尾巴賺點錢。

這對夫婦生了一個出問題的小嬰兒，嬰兒的臉平扁，兩眼間距太開，常常推著嬰兒車在東區的小公園散步。

錦文有一次和朋友在通化夜市賣日本料理的攤販點完菜，才發現鄰桌坐的是這對夫婦。這對夫婦平凡無奇，不像多數藝術圈人士的招搖，倒像是剛下班在疲憊中吃快速晚餐的上班族夫妻。夫婦兩人用完餐，笑嘻嘻和錦文打了招呼離去，錦文付錢時才知道他們幫自己這桌買了單。

畫廊倒閉潮中，錦文聽說這對夫妻的小畫廊關門，兩人不知去向。幾年後她聽說兩人在台中東山再起，不到一年又音訊全無。

幸福總是突如其來的，你無從預期它降臨的偶然。而關於哀愁，那長長長長的預感，通常都是正確的。

車到圓山站，沒有人，整個世界在寒流中找過節的求歡，往東的車向滿滿是人，而錦文反其道走。

錦文記得很清楚，二十年前那天下午，徐錦文站在東區216巷與忠孝東路口，那裡有整片電視牆（那時我們仍執迷於看電視而非網路影片），成日播放ＭＶ或影片，年輕人喜歡約在那邊集合，背後映著螢光閃爍的嘶吼樂手畫面。那天錦文很疲倦，太多藝術品，太多文人，太多口說無憑的感動，太多精緻而不接地的前衛筆觸與論述評論。她走出那棟集聚二十多家畫廊的蜂巢式建築，搖搖欲墜，便立在那面電視牆前。

靜靜地。那時，萬物正在頹圮的前夕，仍然富足而繽紛喧嘩，沒有人聞得出死亡將踏出它乾燥的大腳，即將以迅雷之勢席捲包覆這城市。

錦文靠著騎樓柱子，走不動，也不知要走到哪，彷彿暫時棲息的鳥。

那壯盛浩大的電視牆，整面幾十台的奇異螢光，那天下午播放年輕的惠妮·休斯頓的演唱會實況。她的雙頰還盈潤，細肩帶的正紅色合身禮服，修長細緻的手臂頸脖。她的聲音還留著福音音樂的痕跡，她不知自己的華美聲音如同滑動的身體穿著平滑豐厚的絲絨，那時她可以不矯作地攀高頓跌，愛情再虐心的劇情也能夠因為她的純美年輕變成宗教一般直通上帝。她唱歌的時候眉心輕蹙不知道是性還是愛的疼痛，她的眼睛緊閉，細細汗珠鑲嵌在額頭，神經質甜稚而性感。

我們僅有一點偷來的時間，如果沒有你，這世界上我什麼都沒有，我怎會知道你真的愛我，你做了什麼我不必細看，我不願意去任何你不在的地方。

惠妮可能不知道自己正在招搖：純真與俗氣揉合的身體，神聖與粗鄙的欲望同時傳送，那些東西不均勻地揉在她的聲音她的身體與表情裡，而因為是神選的，因為是從她裡頭掏出來的，那天下午以及多年之後亦然，錦文除了心碎沒有別的回應。

紅色細肩帶與棕色皮膚的惠妮。

以及那天靜靜站在電視牆前看著演唱會反覆重播滿臉是眼淚的錦文。

當錦文回想起她的九〇年代，那個她人生的轉捩點，為了讓自己好過，錦文喜歡這麼想，那天下午惠妮其實早就告訴過她，人生從來不會走到盛極而衰，是朝露張在荷葉星盤上，朝生甚且走不至暮死。

錦文領受神諭般地體悟，不是神選的，除了心橫別無他法存活。

11

勇士們

秋天到冬天，女人們身邊走了許多人。

三十九歲的女藝術家與藝術系主任，同時準備兩個個展，在工作室猝死。

四十二歲的女藝評人暨學者，癌症。

五十一歲的男藝術家，癌症。

六十歲的男藝術家，癌症。

米亞問錦文正在準備的機場公共藝術競標案準備得怎麼樣，「有沒有希望？聽說這個案子金大，競爭激烈，大家都出動了，還一直傳說早有內定。」

錦文的公司和其他競爭者比起來只是個缺乏經驗的小公司。

「我知道啊，就算這樣，還是得試啊。」錦文說：「現在頭洗到一半了，能做多少算多少，不成也就當作員工操兵練習。」

「我現在很膽小，如果抬頭看很遠的未來，就會覺得視線模糊，手腳發軟，連眼前的事情都沒有力氣。我現在只能看眼前三步遠，告訴自己一次往前走三步就好，半年之內標得到案子、手上的幾件藝術品賣得掉，就是多撐了半年。」

服務生來點菜，她們幾個女人迅速地點了幾道常吃的菜，要了煲湯與幾份點心，晚餐大家有共識地怕油怕膩。

「要去砸了老吳的屋頂嗎？」曉珊笑鬧，底子卻是苦酸的，頭上新剪的厚瀏海襯著大眼睛挺好看的，來前才剛叮囑美編結完下一期雜誌的稿子，「說是過了十月中對方就會主動表白，說這是正緣哪。」

「老吳說，前提是妳不可以主動，妳不主動對方才會主動，對方主動了妳就等著披婚紗。」米亞譏她。

「我哪有主動？我什麼也沒做，我很少喜歡一個人卻什麼都沒做。」

「妳喝酒後打了電話，妳打了電話和他調情，妳暗示他妳老是示好他卻什麼也沒行動，妳對他有女友這件事情感到憤怒……」錦文背書似的連串唸著說她。

「那不算，那只是言語，那不是主動。」

「好吧，什麼時候要燒了老吳屋頂？我也要去，我剛好被美術館這些爭功諉過還有藝術界這些了不起的學者搞到上火。」美倫遲到，屁股剛沾到椅子就附和曉珊：「我們一起去放火吧！」

美倫怒了：「美術館的小官做的也是藝術行政，藝術行政就是伺候藝術家幫他們打雜，要錢要人我都要給，外人眼裡說妳好棒做文化事業做美的行業，不知道我們就是優雅的奴婢。」

「我們在座的不都是藝術界打雜的嗎？都是做長工的。漂漂亮亮地出展覽，人家賺金錢我們賺薪水。」曉珊說：「我從來沒覺得自己半點輸給那些搞創作的，不管是論程度還是對藝術的熱愛，或是我的智商我的才華，就因為我不是藝術家我就要伺候他們，為什麼？」

「這個生態系的分配就是這樣嘛，不是藝術家不是收藏家，還要進這圈子，就是分到賤婢這角色，起碼妳還自覺是賤婢，多得是不知道的夢幻少女飛蛾撲火要來這圈子。」

「不一定當賤婢，也還有繆斯這樣角色可以演呀。」

「繆斯的下場比奴婢好嗎？」

「今天又怎麼了嗎？」米亞問美倫。

「我辦的那個雙年展不是找了老法當策展人嗎，結果今天上午藝術學院的教授帶著年輕學者來，還帶著市議員辦公室主任，說了要辦研習營放進雙年展，說上頭已經有默契點頭了，還硬是要我把那個年輕學者一同掛上雙年展協同策展人的名號。」美倫的臉氣憤變形：「整個展覽照程序走，他們找市議員要硬插掛名，憑什麼？」

「他怎麼敢？」大家驚呼：「妳沒答應吧？」

「我當然沒答應，還拿出手機錄音，就放在他們眼前明擺著錄音。」

「妳好帶種啊。」

「他們也氣壞了吧?」

「當場他們就翻臉要我別囂張,罵我不識好歹。」

「混帳東西,學者、策展人是吧,平常寫文章罵人都一副自己是正義代言人的樣子,做出來的事情就這骯髒樣!」

「美倫,但他們一定會想辦法整死妳的……」曉珊提醒。

「整死我我豁出去了,人家以為搞藝術的都是自由的靈魂什麼鬼,根本跟外面沒兩樣,不就是金錢跟權力支配所有而已,搞學術的更糟,自古以來知識與權力就是相互餵哺的狗屎。」

錦文氣得喝光了茶,「我看那些有錢人藝術家的臉色,接點案子做點小生意,我納稅耶,這些渾蛋這樣用我的錢。」

女人悶聲先猛吃了一堆,氣半退了卻茫茫然。

「我昨天夢到了貞君。」曉珊幽幽說,「奇怪我跟她不熟的,告別式也因為出差沒能去,卻夢到她。」

曉珊說,那麼瘦小的女人,拚了命搞研究做展覽的,一個生怕別人不喜歡她,拚了命要用成就說服別人自己值得愛的女人,說話聲音那樣嬌柔其實好強好面子的女人。

貞君癌末住院時誰也不給看，身邊只有住院後信了主的兄弟姊妹與院內志工像真正的家人一樣照顧。

「那個男人真的到最後都沒去看她嗎？」

「不知道，那男人現在是學界的當紅角色，正義的化身，開口就是後殖民台灣史的什麼鬼。」

「哼。」

米亞是貞君唯一肯見的圈內人。米亞突然接到貞君電話，要她去醫院看她，那時她已經住進安寧病房，時而昏迷時而清醒。

米亞命帶魁罡，比誰剛正也比誰都心軟，連忙準備一件自己剛做好的新作品要帶到病房送給貞君當禮物，想為她打氣。她在白色畫布上繡滿金色銀色的放射狀細密線條，放射的中心像某種音樂的泉源，那是米亞那陣子轉型做的新系列，用女工針繡織出海浪、雲朵以及各式各樣都市生活紀錄與她的夢境。

白色底純美，金銀線閃耀，米亞想著，要帶給貞君光燦希望。

那畫布沒裱，米亞捲起來手握著就趕到醫院，教會志工領米亞進入病房，貞君昏睡著。

米亞站著看病床上的她，猶豫要不要放下禮物改天再來。

貞君卻緩緩睜開了眼。

「我帶了禮物給妳。」米亞爽朗大剌剌地張開畫布給貞君看：「我最新的作品。」金銀色的放射狀繡線展開，虛弱的貞君竟嗚呀呀地用她分岔虛弱的聲音叫喊了起來，還試圖用她插了針管的右手要去擋臉，那叫喊聽起來啊啊呀呀的像是鴉鳴。

貞君擺頭搖晃狂亂嚷著：「這麼快，怎麼這麼快，這麼快怎麼就來了……怎麼……」

米亞嚇壞了，原本坐在病房斜角沙發的志工連忙起身過來按住貞君，米亞尷尬地拿著畫布，鬆垮地垂著，臉蛋脹紅，退了兩步，覺得自己引起了災難。

志工握著貞君的手，喃喃說著安撫的話，貞君艱難地大力吸喘，逐漸平穩，似乎又陷入昏迷。

幾個月後，罹癌男藝術家躺在病床上，前幾天還牽掛著自己還有好多作品的計畫沒做，此時已經舒緩地準備走向另一個世界。那張曾經迷死多少女人的臉，現在只有一層薄薄的皮膚包裹著骨骼，大眼睛鑲嵌在其中，還是晶亮。疼痛萬分，屎尿失禁，妻子親人都陪伴在身邊。

米亞問他：「你怕不怕？」

「不怕，」他靜靜地艱難地吐露：「我一直在想死亡是怎麼一回事，我幻想，就像以前看的電影那樣，那是一條通道，盡頭有光，我只要朝著那光亮走過去就好。」

米亞後來才想通，那天貞君看到她的金銀繡線畫布驚恐呼喊，是昏亂中誤以為要啟程了，那條傳說中的白色通道，盡頭有光，必須朝著它走過去。

米亞吞下半個叉燒酥，指指曉珊：「妳八成還在為情所困所以夢見貞君。」

「總之要放火燒了老吳的屋頂。」

錦文說，老吳算事業倒是準，上次南部一個案子，改來改去，光藝術家人選就搞不定，稍微有名氣的那幾個人讓她吃盡排頭，一再刁難，老吳要她別放棄，過了一月十七就好轉，果然就是那天來了電話說她的案子成了。

錦文右手拿筷子送了口燒鴨入口，左手去摸曉珊的衣領，想知道料子好不好。

「這件不錯。」

「不對，誰說今天這整桌都是藝術界的賤婢，都是穿著漂亮衣服騙圈外人的，米亞妳不是，妳老跟我們一鼻孔出氣讓我都給忘了，」美倫說，「米亞妳不是奴婢，妳是藝術家。」
「哼，我更糟，他們說我是女藝術家。」
幾天後米亞發了封信給錦文，是一個圖檔，一張米亞三十二歲時攝影師男友為她拍的裸照。
短髮中性氣質的米亞，長年寬鬆的衣服裡頭，包裹著的其實是極其華美豐潤、充滿古典女性美的胴體。
倒掛白筍一般的豐滿乳房莊嚴地呼吸，乳尖渴望什麼似的微微翹起仰望，結實平滑的腹部肌肉，中間凹陷滑落成細緻幽深的橢圓形肚臍。
那張裸照是米亞的頸部到下腹之間的距離，錦文受到聖靈召喚般地震撼屏息，錦文從沒想過那不成材的攝影師拍下這宗教一般的美麗身體。
青春的時候，也許都聽過神的召喚。
米亞在更年期後愛上一個退休軍人，米亞說，年輕時瘋狂戀愛，生死狂瀾，卻到白髮爬上鬢角後，她終於知道被疼愛是什麼感覺。
米亞在一個夜裡告訴錦文：「性是好的，當妳確認的時候，身體會知道。」

錦文問：「性是好的嗎，現在？」

米亞說：「嗯，性是好的，我第一次這麼覺得，我希望有一天妳也會明白。」

12

戳進去

離開這圈子一陣子後，她問自己那個問題：是不是嫉妒？是她原以為以反叛與自由之夢築成的藝術國度，其實和其他地方的階級勢利並沒有兩樣，導致她孩子氣的幻想破滅受傷，因此頭也不回；還是，出自對創作者的嫉妒？

錦文害怕的是，她的心底其實壓抑著強烈的創造性欲望，卻始終無法展現，因此多接近那些藝術家一些，她心裡那份被剝奪的憤怒就多了一分？

她離這些人愈近，無法自我實現的絕望感又深了一些，長期下來累積的自我厭惡已經讓她瀕臨崩潰。

那麼，為什麼自己那份創造性的欲望無法實踐？她嚴厲地質問自己：是因為命運的捉弄，陰錯陽差，有人被放到創作者的位置，有人被放到服務者的位置，乃至於有人注定創造藝術，有人注定供養藝術？

這是命中注定的嗎，命中注定就必然不可逆轉嗎？如果是宿命，平庸者亦可成為造物者國王，而她自己，以及那些藝術國度成千上萬的熱心螻蟻，即便心比天高，就注定要被時光沖刷如沙礫，默默消失？

她簡直行刑似的拷問自己：是不是自己的意識底層，懦弱膽怯，本能迴避伴隨創造而來的無助與焦慮，恐懼自己無能承擔那份建構新事物必然相隨的不確定性的恐慌與挫折。因此她找了一條便宜的路，一條相對簡單的路，她不創造，藉由服務創造者而介入創造的過程，讓自己以這種間接的路子成為創造的一部分。創造太折磨，依附創作者也許不用直接面對災難，就像，那些藝術家的妻子；就像，那些收藏家。

想獻身給藝術之光，卻無路可去，於是獻身給藝術的代理人，繞路而行。經由獻身、侍奉、輔助，介入並參與了藝術創造，獲得打了折的虛榮與滿足心，以及風險較低的挫折感。

錦文覺得恐懼，她的人生，不可能只是廉價平庸的犧牲，但過去她究竟獻身給了什麼？是藝術，是藝術家，還是令她胃部不斷抽搐的自欺？

說穿了，也沒有離不離開這圈子的問題。錦文下了決心不出去活動，一段時間這圈子自然而然就與她斷了關係，她的消失其實無人發現，永遠有更新鮮更熱情的年輕人渴望成為獻身的童女。

她還記得，那個紅極一時的寫實畫家，開著他的積架和朋友炫耀，帶著全家由北往南去環島旅行，順便一路收帳，從北收到南。他後來當上了美術館館長，還對媒體發佈，獻身藝術是背負人類原罪的承擔。有天夜裡他喝酒開車，雨中和另一輛車擦撞，他下了積架，發現對方整車是比他年輕的漢子，他便立刻鞠躬，坦承是自己的錯，把自己的手機號碼留給對方，聲明犯錯一定會承擔。那些年輕人看館長斯文誠懇有禮，不找警察也不為難。次日館長接到昨夜年輕人打來電話談維修賠償，只冷冷說「你根本沒有證據」把電話掛上。

年輕的時候景氣好的時候畫廊老闆約了ＫＴＶ玩樂，收藏家藝術主編媒體記者這些大哥大姊都邀了。錦文穿白色直筒的短洋裝，夾腳涼鞋，在昏黃的ＫＴＶ包廂中，唱唱跳跳，完全沒意識到洋裝太薄，透過燈光晃照，她兩條大腿的形狀與內褲的邊線明顯。

人家怕她尷尬也不說穿，只是笑，有人補了句，唱歌好風光也好。

錦文老犯這種蠢病。

老博物館長邀了學者藝評和來訪的大陸文化官員團聚會，非正式的輕鬆茶會，在荷花池畔邊，風吹悠悠。錦文穿寶藍緊身褲，聽官方場面話來往幾回，就閃了神。醒了過來後，她決心先走。她盡足年輕後輩禮數地微微鞠躬，敦厚地報告還有會議必須先離開，一一握手道別後，錦文一站起身，整桌官員安靜了下來。

錦文的經血流得到處都是，她坐的白色塑膠椅中央的凹陷處，已經淹成紅色池塘。

她既驚嚇又羞愧，卻沒有道歉，彷彿根本沒看到後面那紅色小池塘，昂然緩慢地走開，力持腳步平穩，走到門口，她看到自己的下半身被大量經血染得濕透。她這時偷偷回頭，看到一個工作人員搬著那張髒汙積血的白色塑膠椅，臉色凝重小跑步往館內走。而那桌人，好像又開始會談了，她離得遠，什麼都沒聽到。

她軟弱著急地把包包裡的絲巾取出，一層層圍住下半身，招了計程車到最近的百貨公司。她買了衛生棉及寬鬆長褲，在廁所裡擦擦弄弄，大腿臀部都黏了半乾腥味的血跡。她整理了一番，看著那條被經血汙染大半的寶藍色緊身褲，摺疊起來，用層層衛生紙包住放進紙袋。

回家後她發現身上新買的寬褲又染了經血，這次是細細地沾在褲檔處。不知哪來這麼多經血，她洗了澡，又換新的衛生棉，倒在沙發上覺得虛弱。

昨天錦文提早到畫廊，早到也無妨，個展開幕反正大家來來去去，她覺得提早到場先和老人家打聲招呼，可以避開人潮先離開。老畫家名氣大，等下時間到了肯定要接待各方來客。照理說她現在的角色尷尬，做案子賣作品也打算張羅一個小小藝術空間，一般來說同行很少去彼此場子走動。不過她和這家大型畫廊的老闆是舊識，年輕時期往來頻繁，一度姊妹相稱。錦文離開這圈子又回來，竟成了半個同行，去人家的場子，早點到早點走倒好。她以前特別喜歡這位老畫家，老畫家到台灣那晚同她打了電話，她一定要來見個面才行。

她早到，展場沒有人，只有攝影師正在架腳架拍攝展覽作品，老畫家也不在展場。幽熒之光均勻地平撫著那些大型抽象畫作，畫作的質感處理得像瓷器，青色顏料龜裂細紋中透著淡赭紅色。錦文微笑，藝術性與裝飾性都到了，學術與市場都說得過去，這是任何畫廊都夢寐以求的類型。

她走了一整圈，還是沒有人。

錦文到櫃台請教短髮有蘋果肌的女孩，想和老畫家、畫廊老闆打聲招呼，不知道他們什麼時候會到場。她簡潔解釋自己必須提早離開，抱歉早到失禮。

蘋果肌女孩請她等，又使用對講機說了什麼錦文聽不清楚，之後女孩領錦文搭了室內電梯上樓，原來樓上是貴賓室。老畫家與畫廊主人都在那邊，以及整室忙碌的工作人員，忙著布置鋪排細緻白色長巾的餐桌，上頭還有花束、發亮的銀色餐具。

錦文不解，也不知道自己闖進了什麼，愣了一下。

老畫家與畫廊女主人正在交談，奇怪是兩人抬頭看見錦文，也不來見面，兩人繼續討論，神情嚴肅。錦文只好定定站在門口等，不好走動，畢竟整場忙亂。

她忽然明白自己闖入了什麼：這些燦爛豐美的花束、整套銀餐具、水晶酒杯、潔白餐巾與古董餐桌、外燴長台，還有餐桌旁酒紅色皮沙發，這是他們為了招待企業家等級的高級客戶專設的餐宴。收藏老畫家作品的一級有錢人，在傍晚的開幕結束後，便乘著電梯進入專屬貴賓室，有資格與老畫家一同晚餐，那些一般等級的、普通觀眾是沒有機會進場的。

難怪這般大費周章，難怪老畫家正在謹慎瞭解賓客背景。

她這是闖入的寒酸外來者了。

錦文這樣靜靜地又站了一會兒，老畫家與畫廊主人談得差不多，終於起身向錦文走來。沒有錦文原先預期的擁抱，錦文在慌張中端出世故對畫家說恭喜，又說自己剛剛去欣賞了整個展覽，老畫家了不起，創作力旺盛，又一次創造出嶄新的系列傑作。

電話裡頭那樣熱情，見到面卻是溫的，老畫家溫雅地笑，錦文也分不清楚老人家是有心事還是不開心。他也謝謝錦文到場。

錦文一口氣說完整套職業性的頌辭後，覺得侷促難安，掩飾自己唐突似的就要走，老畫家點頭，先進去休息，一旁似笑非笑的畫廊主人，過來摟錦文的肩，陪她走到電梯口。

畫廊女主人比錦文高半個頭，她放開錦文的肩，斜睨什麼地，不發一語打量錦文，從上到下看一輪，從下到上看一輪，不看錦文的臉，只在錦文一身薰衣草色大衣上來回。

錦文開始冒冷汗。

「怎麼樣啊，聽說妳現在不錯喲。」

錦文忍著，不回答，也學她嘴笑眼不笑只說：「老人家這次展出一定很成功。」

畫廊主人與錦文便都不說話，兩人盯著電梯數字上升，錦文覺得畫廊主人眼裡，她像個窮親戚，或者像個企業間諜，因為被逮到了硬生生被護送出場。

局外人，那感覺原來這麼多年還在，錦文扭頭想放鬆肩頸。

她決定脫離藝術圈那年，三十二歲就覺得自己非常老了，每天早上沒有起床的意義。拒絕了幾次邀稿與策展，她還沒成氣候，此後手機便沒再響過。她最好的朋友是巷子口的便利超商，那裡永遠燈明潔淨，她有時半夜也不換穿了幾天的睡衣，套上運動外套就到那，櫃台值夜班的大男生和她聊天，她謊稱自己在學院當研究助理。她買汽水洋芋片，就坐在店裡吃，大男生有時拿煮太久賣不掉的茶葉蛋請她吃，她笑著接過，那棕褐色蛋殼的裂紋也像陶瓷表面的紋路，比較粗廉的那種。

這世界並不需要她，她傷心地想，她那樣渴望仰望過的藝術世界，缺她一個遊魂照樣閃耀發光。

百無聊賴的日子，一天她竟接到電話，以前邀她做展覽的一個基金會總監打過來，說基金會遷了新址，晚上舉辦開幕派對，要她一定去。

「都是文化圈藝術圈的老朋友，妳一定都熟。」

她膽怯，被一整年的無所事事磨得驚惶的心，歪曲地扭動跳著。她有點好奇，有點感激這份友善，竟然還有人記得她。

她翻開衣櫃，從下午就開始準備，好久沒化妝，沒剪指甲，她從洗澡開始。

派對上似乎都是她見過卻又叫不出名字的臉，沒人注意她也沒人跟她說話。每個人都有自己的位子，一小群一小群地圍著聊天嬉笑。錦文從下午就緊繃的心情更加焦慮，拿宴會上的酒喝。喝了還是想喝，她又喝了一杯。

她開始在宴會中走動，保持微笑，一小圈一小圈的人們只是朝她瞟了一眼，又繼續聊他們的。她感到不安，覺得格格不入，打不進去任何小圈子。

有次她聽到一群人在講正在舉行的大展，怎樣前衛如何富批判性，她試著插嘴，她講完大家卻默不搭聲，另起一個話題，談一個備受看好的新秀。

錦文又從服務生手中拿杯酒，趁著拿酒的片刻回頭轉身，離開了那個小圈圈，喝了一口，走到另一個小團體。她聽見女人說週末丈夫要在家中請客，大陸旅美策展人和幾個藝術家都會到，女人問另一個女人要不要一起來。錦文揣測這應該是藝術家眷屬的小圈圈。

錦文的腳步漂浮，覺得每個人都有自己一小國的朋友，都有屬於他們的笑話或祕密，落單的彷彿只有她一人。她試著聽別人講話，覺得有縫隙的就試著插進一小句，不過彷彿所有的人都不怎麼喜歡陌生人插進來打擾。

她覺得這裡的人很快就要在別人背後品頭論足，瀰漫著狡猾令人不安的氣氛。

她又喝了一杯，再一杯。

她喝多了，想坐下來，不過卻走到女廁，搖搖晃晃。她看到女廁地板上坐著兩個中年男人拿著酒杯，正暢快聊天，還脫了鞋子。

她扶撐著瓷磚牆壁，認出這兩個中年男人是作家與政治評論家。兩個中年男人見到錦文的狼狽失態，微笑友善地告訴她，走錯廁所沒關係，喝醉也可以先坐下來和他們聊聊。

錦文搖搖頭，開了男廁小間的門，就在那邊尿尿，尿完了她避免踩到那兩個中年男人的四條長腿，晃著走出去。

有位子了，錦文坐下來。

錦文突然睜開眼睛，發現自己坐在餐桌前的椅子上，眼前一桌一桌杯盤狼藉，而這宴會場內竟然完全沒有人。黯淡燈光中，只有她一個人，連服務生都消失不見。

宴會結束了嗎，沒人叫醒酒醉的她，全都散了嗎？

錦文滿懷羞恥感地站起來，穿過一桌又一桌，這才往旁邊看到玻璃門外，原來還有不少人在。是那些聊得開心還不願散去的人們，端著酒杯移到戶外大露台，他們在夜色欄杆旁，繼續下半夜的闊論言歡。

他們那邊的音樂還在輕聲唱著。

她恍惚暈眩中想起，自己剛剛好像對著身邊的學者，語焉不詳卻大聲地怒罵著

「我對你太失望」之類的話，然後，就記不起來然後了。

隔著整室歡宴的遺跡，她望著室外的人們。

只有她一個人被遺落在這邊。

她低頭檢查了斜背的小包包，還在身上，她下了樓梯，走出大樓，打開小包包檢查身上的零錢，剛好足夠車資。她立在街頭，等夜間疾駛過視線的第一輛計程車出現。

錦文記得在歐洲一個倉庫改裝的密室中看過Bruce Nauman的影片〈Poke in the eye〉，整個暗室就一面牆，映著老年男性布滿皺紋的巨大單眼。影片以非常慢的速度播放，老男人用他的食指戳進自己的眼睛，深深戳進去，他的眼睛因手指戳入本能地緊緊地閉了起來，眼皮包覆著手指，然而那手指還繼續往內戳。

影片以極慢的速度播放，逼迫觀者直視眼睛被戳入的不舒服與恐懼與眼皮的自我保護，肉體的噁心與恐懼一齊發動，然而你仍然被迫直視那令人痛苦的入侵。

錦文躺在床上，兩天前婦科醫生說她提早更年，吃女性荷爾蒙頂多吃兩三年，繼續吃罹患乳癌的風險太高。錦文也不難過，無恃無靠都不怕了，無後算什麼。明天去台中，要提醒助理出發前先去接提案的藝術家。

她盯著天花板，眼裡浮出畫面，是遠古的視肉，那個在蠻荒沼澤之地誕生，全身就只長一顆眼球的視肉。那個飄遊人世，精活靈動，喜形色，食華光，貪看交媾，立志遊於天下名山巨石的生物體。

她的手指往上伸，愈探愈長，直直伸進天花板，戳進視肉巨大的單眼，那視肉賴以存在的巨大單眼。

那眼，血絲驟生，就要爆裂。

錦文睡著了。眼睛閉著又不是真的閉著。她想起來，卻起不來。

她聽見滲水的聲音，滴滴淙淙，水從四方牆壁滲了進來。

但她只是躺在床上，眼睛張不開，她知道水位逐漸升高，水聲細細續續愈來愈急促。

她聽見男人的低音：「淹水，起來，淹水了，起來吧。」

那聲音好好聽，她還想多聽一會兒。

錦文終於張開眼睛，從夢魅中坐起身。她想起來了，那好聽的低音很像明維的聲音。

13

晴天卡拉絲

是音樂喚醒她的，戲劇性富渲染力的詠嘆調，驕傲又愚蠢的漂亮女高音。因為是這樣被喚醒的，她還沒真醒就先笑了，眼睛半張，星期日的上午連塵埃都帶著金黃色。

亞倫走進房，站在小音響前，笑吟吟看她。

她又把頭放回枕頭，「以後都用音樂叫我起床？」

「這種方式不錯吧，公主殿下。」他說，「每天都是卡拉絲？」

錦文滾動，把臉埋進枕頭中細細哀嚎，「不要不要……」

「晴天卡拉絲，雨天羅斯托波維奇。」錦文說。

「殿下，妳口味很一般嘛。」

「對。」

「好。陰天呢？」

「陰天什麼都別了。陰天，我們沉默。」

那是她人生最接近婚姻的一次，最接近普通生活的一次。

他在她的住處看到與她纖細女性化的外表完全相反的樣子，簡直嚇了一跳。這女人像藝術品一樣，往哪裡一站周遭就散發出一種神經質而纏綿的氣息，她連斥責著什麼的時候，也在嚴肅中帶著點自嘲而優雅的神情。但他進了她的家，只是空蕩蕩的一片，巨大的浴缸旁邊堆著用完沒丟的沐浴乳空瓶，衣櫃亂塞爆滿，不但沒有家具，也沒有冰箱，電視機前的矮桌散放著可樂罐和乾皺的橘子，還有兩三個亂丟的墊子當作座處。

一個女人怎麼會外表這麼細麗，人生卻過得這麼粗糙草率。

她蓬亂著頭髮在家裡走來走去，時常因為太懶惰寧願挨餓也不出門覓食。他常常在夜裡醒來，發現她正在客廳，目光炯炯地盯著電視上的靈異算命節目津津有味看著，捧著不知道什麼時候弄來的洋芋片急促咀嚼。她那扁瘦的身體、拉長的脖子以及發出精光張大的眼睛，像極了餓鬼道來的魂魄。

亞倫看到錦文在夜間貪婪地將垃圾食物一片片往嘴裡猛塞，搞不清楚眼前這女人，偷偷揣測她是不是有什麼地方在他們相遇之前就碰壞了。作為人的部分他感到哀傷，想拉她回正常人的世界；作為男人的部分他感到憤怒嫌惡，眼前的怎麼會是他愛慕多年的女神——而她還把他推得遠遠地，只活在她自己的世界裡。

這個時候錦文常常正眼也不看他：「你先睡，不要管我。」

她每天無所事事地晃，原以為離開那個藝術圈，她會感受到自由解放，結果不是如此。無業，受騙，失去希望，她感到背叛與掏空的憤怒，孤獨不堪。她不斷告訴自己，藝術圈的每個人對社會的貢獻不如一個水電工，靠嘴與臉皮橫行無阻。

那身心的虛浮飄盪讓她覺得自己與世界認知的時間感、承受度都產生了嚴重落差，她十分渴望實實在在落地，踏踏實實在路上行走，收束自己迫切想要訴說什麼、追尋什麼導致醜態百出的衝撞。她此時想當個清秀美麗、教養良好的輔助者，最好成為一個妻子或是一個母親。

沒有人比亞倫更合適，更何況他愛她。

他們共同認識的人都說：「每個人都知道他從很年輕的時候就愛妳，只有妳不知道。」

這下子她連虛榮心也滿足了。

他住進來後很快朝小夫妻溫馨家居的模型改造她的住處，買來眾多配備。他裝上淡藍底粉彩小花的落地窗簾，買進微波爐、整套鍋具、書桌書櫃、綠色盆栽、冷氣機、除濕機，還有金屬花紋的長鏡、雙人座靛藍沙發和幾何圖形的靠墊。他換新床墊，鋪上淡綠格紋的床組被套，客廳與房間角落都擺上暖黃光的小燈與立燈。

她從記憶庫裡搜尋檢索他可能早就愛著她的痕跡。

多年前她有次開車誤進小巷，旁邊盡是小販與湧動的學生，她開得很慢以避開左鑽右動的人。一個奇妙的微小空檔出現，她小小加速，油門剛踩卻發現有人拍打她的車窗，還跟著她的車一直跑。她嚇壞了，以為出了什麼事自己撞到什麼，驚愕中停車還不太敢搖下車窗，那男人還繼續拍她的車窗。

她認命地搖下車窗，看到一張年輕白皙英俊的臉，濃眉大眼。她覺得面善卻想不起來是誰，那年輕男人笑得燦爛開心地喊她名字。

塵埃落定歸位，她認出亞倫。

他說他當兵休假，路上見到她開車，便一路追著她跑。

「因為好久不見妳。」

她對這意外的熱情感到迷惘，訝異又尷尬。

她才要說話，後面來車狂按喇叭。

亞倫不等她回話又輕輕地拍她的車：「我們一定會再見面的，妳先開走，擋路了。」

她揮揮手，踩油門，逃離那困惑。

多年後她在朋友經營的小酒館裡遇到亞倫，幾年間亞倫換了幾個女友，錦文也換了幾個男友。兩人見面只是點頭招呼與短短的寒暄，看不出來他有什麼特殊的情愫。

兩人各自在這裡進進出出，維持淺嘗即止的客套談話，次數多了，她覺得這年輕男人令人不悅，他有一種防備性的小心翼翼。那裡的常客混熟了彼此都爽快地聊天，亞倫卻維持打量什麼的疏遠，這種保持距離好像是對她伸出的友誼之手加以拒絕。

有天她坐窗邊位子，他與朋友看電影前先來這裡坐坐，邊喝啤酒邊看轉播球賽。時間差不多，他結帳要走。

她不知為什麼突然慌張，或者，突然產生惡意。他走到門口時，她突然提高音量，她的問題清清楚楚穿過酒館的人群：「聽說你以前喜歡我，你現在不喜歡我了嗎？」

他停住正要轉開門把的手，不可置信地回頭望她，揚起眉毛。

他回頭，想說什麼又收住，吸氣，他對著一臉挑釁打算蠻幹的她，堅定說：「妳壞透了，這也不公平。」

她有點傻住，騎虎難下，但刻意冷冷笑，因為他的哀傷與他的一本正經。

她不回嘴，默不吭聲賭上了，瞪著他。

他也瞪著她，食指指著她：「妳等著。」

他開門和他朋友離開。

之後好一陣子她有種作賊似的心虛，他卻沒事似的，在小酒館不期而遇時，他寒暄完卻不離開，坐她身邊一起看球賽，多談但是不深談。他說起白天工作累，家裡的生意還有客戶會議時差等，他忙著送往迎來。

有天錦文燙完頭髮，天冷的晚間，她撥了亞倫的電話。

但他電話那頭似乎不意外。

「我剛燙完頭髮。」她說，「燙了五個小時，坐得好痛好累。」

「好看嗎？」

「燙直，現在的頭髮薄薄扁扁貼在頭皮上，看起來就像蒙娜麗莎。」

他爆笑聲停了後問她：「吃過晚餐了嗎？」

「你要出門看真人版蒙娜麗莎嗎？」

「晚點，我正忙，妳先吃晚餐。晚點我找妳。」

那天夜半，亞倫提著一袋吃食出現在她家門口。

從那天起他就沒離開過她家。

第二天他說要回家回辦公室處理事情，結果下午又來了，說要帶她吃飯。下樓她看到他停在路邊的是賓士，火冒上來。

「我說，你以後若要常來找我，不要開這東西來。我住在這種舊社區，連進口車都少有，你這樣我會很困擾。」

「那麼要換成哪一種車，妳覺得開到妳這個社區是合適的？」

「我不知道，但反正我不想看到這種東西出現。」

他幾天後開了一輛舊的黑色豐田來。

「這樣可以嗎？」

「嗯，這樣很好。」錦文這才挽起他的胳膊。

她問他喜歡她到什麼程度，他說，喜歡到想結婚的程度。

「這種程度？」

「嗯，這種程度。」

若不是她討厭他的身體，她成為富裕人家幸福主婦過日常生活的心願早就達成了。那是她小時候夢想過的那種日子：綠色的庭院草皮，白淨奔跑的孩子，擺放花束與骨瓷的餐桌，牽女兒的手去上幼稚園。

亞倫那男人喜歡上誰就要結婚，導致他戀愛談得辛苦，愈辛苦他得失心就愈重。他一喜歡上什麼就廢寢忘食，百般壓抑自己的情緒起伏，想要用各種概念中的美妙方法去取悅對方，一得不到心目中預期的回應又患得患失。

他大學時候喜歡一個女孩，每天固定接送，來往了一陣子後女孩開始疏遠。女孩告訴他，週末要回嘉義老家，不能和他見面。他週六當天搭了火車到嘉義鄉下，等在女孩家門前。一直等到半夜，他看見女孩和前男友手牽手進門，才明白是怎麼回事。

夜裡已經沒車回台北了，他躺在草叢中仰望星空，覺得委屈心酸，過往為了討好而壓抑的澎湃情緒跑出來，他開始憤怒，開始輕視這個女孩本質膚淺粗糙。天一亮亞倫便徒步走到火車站，搭了早班車回台北。

一年後他與同班同學相戀，兩人好了一陣子，女孩卻告訴他畢業後要到英國，學校都申請好了。亞倫輾轉反側，向女孩求婚，女孩告訴他，會結婚的，等她回國後結婚。

他約了身邊所有朋友幫忙，要朋友邀女孩到山上庭園走走，不可透露祕密。他早早在山上湖邊準備好花束、燈光與紅毯。女孩到的時候，音樂響起，他送上戒指，牽手踩著紅毯，走向兩位見證人站著的台前，他規畫了一個簡單溫馨的婚禮。

女孩到了現場愣了一下，為這樣的癡心誠意感動，同時也因這樣的壓迫害怕得想拔腿就跑。女孩看著那張英俊執拗又瘋狂的臉，當場沒發作，反而展開了笑容。女孩收了戒指，當眾交換了親吻。

那女孩下山後反覆難安，不斷焦慮先前山上那個儀式到底算不算得上法律生效的婚禮。不到一個月，女孩提早啟程，去了英國，立刻斷了與亞倫的聯繫。

兩年後女孩回來，參加大學同學會，看到了亞倫。女孩掩飾尷尬似的大方與亞倫握手，見到亞倫的表情冷漠高傲卻又幾度欲言又止，女孩刻意大剌剌很四海地說：「你……該不會到現在仍然以為那天是當真的吧。」

他受到打擊，以後絕口不提山頂上的小婚禮。

他思慕自己理想中的伴侶，相信自己經歷的這些情感挫折，只是人生必經的誤認。他理想中的靈魂伴侶，對美有獨特的感受性，具備老式教養又同時帶有獨特叛逆的個人特質。然後他與她會一起走完人生，閃閃發光。

亞倫要的與錦文要的，結果應該沒有什麼不同，儘管出發的緣由可能不同，但結論是他們都想過中產階級富裕品味的人生。漂漂亮亮的，為人稱羨的，不要流太多汗水的，帶點反叛色彩的，讓他們享受特權的同時還可以奚落點什麼舊體制。

他留下來那晚，她第一次見到他的身體，暗暗讚嘆美麗如黃金少年，如同希臘神話中的水仙神祇。他想要拯救心愛女人，療癒對方傷口，但那男人卻療癒不了自己，總在愛人身上找理想的自己。

亞倫少年時當過救生員與兒童游泳教練，全家移民美國後他在教會擔任少年講經班的導師。隨著父母經營生意的變化，他們又搬回台灣。他大學畢業後也曾去大企業上班，不想靠父母家業，他從上班第一天就深受長官期待，早早被看上要未來當菁英對待。但亞倫很快地發現，在大企業當上班族，就算月薪再高也只是高報酬的長工。他想清楚後，回家向父母道歉懇談，辭職回到自家公司當小老闆。

那一陣子他突然不喜歡自己的美式英文腔調，上網找了英國首相布萊爾的演講影片學習。

他告訴錦文，天藍色是貴族的顏色，要簡單要質感好，他對錦文身上還留著先前從前衛藝術圈留下來的痕跡，那種乖張的穿衣取向配色邏輯有點意見。

慢慢來，他覺得自己可以照顧錦文，療癒她，他認為她的本質是清幽高雅的，只是先前走錯路的經驗讓錦文迷失受挫，他會用愛將她導正。

他教錦文匯率是什麼一回事：「金錢是一大群總在奔跑的小矮人，妳頭沾枕閉上眼睛熟睡後，這一群一群的小矮人，便飛快地從這個國家跑到另一個國家，妳醒來之後，錢已經從那裡跑到這裡了，這就是外匯的道理。」

「我這一生都不要碰藝術圈的東西了，絕對不要。那裡的人都是騙子。」錦文想起什麼就發狠似的跟他這麼說。

「像妳這樣的女人，本來就不應該到那種圈子去，妳之前只是走錯了，回來就好。」

亞倫說：「妳這樣的人，是精品，是少見的，是高貴的，本來就值得男人用高檔的方式對待。」

她聽到這話反而害怕地顫抖：「我是高檔的，所以要用高檔的方式對待我？」

「當然。」

「那麼，在男人眼中不是精品的女人，不是高檔的，就用低檔的方式對待她們？」

「人的互動對應本來就是這樣子。但反正妳是高級的，精緻的，本來就應該被精緻地對待。」

他總是寵愛萬分地對處在崩潰邊緣喪失自信的錦文說：「妳要打起精神，重振活力，妳有比別人更多的才華，妳值得過更好的生活，值得更好的成就。妳若自己不想去掙，就待在我身邊，妳在我身邊我覺得這世上沒有我做不到的事。」

她聽了既安慰又哀傷。她眼裡的自己是落敗的，是被發著濛濛誘人光暈的藝術圈所排拒在外的。她希望被愛，希望被毫無保留毫無條件地認同接受，不是因為她是有才華或者高檔次的女人。

亞倫有點不安，他發現錦文嘴裡罵藝術圈的種種不是，還是偷偷去翻閱那些藝術資料。他默默觀察，錦文感興趣的那些東西是藝術嗎？藝術不應該是美好精緻的嗎？藝術不是關於生命中的愉悅精細、人性高貴優美的部分嗎？

可是，錦文專注的，是那些一點也不美麗高貴、一點也不和諧優雅的東西。錦文感興趣的是畸零古怪的影片圖像，是馬戲團的侏儒怪誕的嬉鬧性交，是畜牲臉與嬰兒身的混種，他們還彼此攻擊，簡直像地獄圖一樣。亞倫看到，錦文盯著這些陰暗鬼魅、螢光張狂的作品，眼睛就開始發亮。錦文還拿著一個女人整型幾十次的行為資料，眼睛泛淚。但她又深怕自己的興奮會被發現，默默將那些東西放回抽屜，把電腦關上。

那就是錦文心裡的好藝術嗎，那只是走偏鋒、嘩眾取寵的表演吧。

他覺得，藝術應是美好的，可以令人忘卻塵埃，靜默而發出芬芳。錦文著迷的卻都不是那種，都令他反感。

有一次錦文隨著Nick Cave & The Bad Seeds的音樂開始搖頭晃腦時，亞倫壓抑已久的不滿稍微爆發了：「妳是真正覺得這音樂好，還是因為其他搞藝術的都說這好，妳就刻意跟著聽也刻意說這東西好？」

錦文看到他眼裡一閃而逝的優越感與不屑，想攻擊卻趕緊收住了嘴。她下巴抬高，眼神睥睨，嘴角緩緩上揚，用更挑釁更具優越感的眼神回敬他。

這會不會是他們真正的差異之所在呢？

亞倫覺得藝術是最精巧最優雅的，錦文覺得藝術這東西，是往人性最底層最暗處去挖，才能通到最高處接往最上頭的旨意。亞倫覺得世上美好之物，如藝術、如知識，都帶有貴族性質，自古以來這些人類心智的寶藏，本來就只有那些在精神、經濟上都有餘裕的人才有能力去探索，那本來就是屬於最頂級的、少少的人所有的。錦文卻根深蒂固地相信，藝術是收容整個宇宙的孤魂野鬼、孤獨無依者的處所，那裡是靈魂平等相依、終至融合成為一體的地方。

錦文這才發現，她自己可以隨意辱罵藝術圈之薄倖下流淺薄，然而她由不得眼前這個男人看不起她的藝術。

她吞了口水，吞回自己的眼神，把音響插上耳機，漠然地向亞倫笑笑，轉頭背對他。

她覺得自己不能發作，不要為藝術這種傷透她心的東西毀壞自己的良緣，那是個愛她的男人，那是要提供給她現世安穩、婚姻保障的人。

若不是她那麼憎恨他的身體就好了，若是她喜歡他的身體，一切都會順利，她就會直通美滿庭園、乾淨優雅的家居生活了。

她在性交過後總是全身警戒地（甚至比性交過程中更為警戒）假裝自己因放鬆疲憊而入睡。他也是，全身戒備卻假裝放鬆，觀察她的放鬆是真的還是演出來的，要等到她入睡，才滿意地放鬆自己進入睡眠。

他這種監視偷窺似的探查，讓她憤恨不平，她知道這不是出自體貼，他只是疑心她在性這事上是否習慣性地掩飾欺瞞，就像他先前能夠花很長時間來觀察前女友們是否真心愛他。他曾說過，有成就的人都有延遲享樂的才能，都能等待，他們可以花很長的時間觀察獵物是否就範，而不是衝動地將牠們立刻納入行囊。

她裝睡，縮起身體，對他在背後的監視目光彷彿毫無反應。騙過他，等他入睡後，她就偷偷起身，躡手躡腳地滑下床，離開房間，躲進廁所，鎖好門。那時候她的委屈、自憐與憤怒及下體的疼痛混成一體，瘋狂衝擊心臟與自尊。她有種被強暴的自我厭惡與恨意，但這是她自找的，是她自己決定要賣身給生活，這又不是真正的強暴，只是賣身。她這樣提醒自己，但那股被脅迫的委屈與憎恨，卻怎麼樣也好不了。

她蜷著身體蹲在馬桶旁的地板上啞聲乾嚎，又生怕自己哭出聲音會驚醒男人，那就難以解釋了。

她捏自己的腿，咬自己的手，發出枯槁老婦憎恨天地不仁的嗚咽。她覺得自己壞透了也壞掉了。她恨死他了，恨他竟然老想碰她。難道他們不能過著聖誕卡片描繪的那種幸福生活，難道不能終其一生乾爽地相親相愛就好，難道不能一生避免這些體液汗液交換的髒汙事嗎？

他就不能盡速趴上她快快完事嗎，為什麼要舔要吻要把口水灌入別人嘴裡？她討厭他過量的口水，她嫌惡他逼她享受，他就不能像他喜歡的藝術那樣，精巧美好不髒不亂地解決上她就好？

有的時候狀況沒那麼悽慘，她溜出房間光著身體拖著疼痛的下半身，連清洗都沒力氣，窩在沙發上看深夜電視，看那些亞倫鄙夷語帶譏諷禁止她看的節目，那些民間靈異傳奇，那些算命占卜預測下半年財運的。她就是喜歡看那些下流粗俗的東西，看亞倫覺得有品味的菁英份子如她不應該看的搞笑綜藝。

他早就注意到了，但他懂得壓抑按捺，畢竟他愛她。但他根本不是他自己以為那樣懂愛並善於等待的人，他開始找事為難她，不時找她小麻煩。

他的母親和他約好中午見客戶，亞倫遲到，家中掌大權的母親貶損他，說亞倫的時間淨花在和同居女友過生活，根本沒把家中事業當回事。亞倫開完會見到錦文，爆發似的斥責她生活沒目標，每天只知道吃喝玩樂，無所事事，買衣買鞋。

錦文被罵得不明所以，問他是不是工作不順利。亞倫情緒更加發作了，話說得更酸更難聽。

錦文聽他罵開了，便住嘴一句話也不說，冷著臉扭頭就走。

她一回到家，亞倫電話來了：「妳怎麼那麼嬌縱任性，沒事我就不能說妳兩句嗎？就說個兩句妳就發脾氣。」

她聽這話才覺得絕望發火了：「沒事為什麼要說兩句，既然沒事為什麼你覺得想說就可以隨便說我兩句？」

一直到他們住在一起半年，亞倫才告訴她，他們家的事業裡還包含一家小小畫廊，是妹妹在經營。起因是媽媽買了不少畫，乾脆就做起畫廊生意，前幾年賺了不少錢，因為賺了錢，媽媽與妹妹開始對藝術品買賣感興趣起來，想要好好經營，反正家裡其他事業可以讓爸爸和亞倫處理。

「先前刻意瞞著妳，是因為看妳在藝術圈混得那樣不開心，還告訴我決心脫離那個圈子，我才什麼也不說。」

「這樣子。」

「當然也擔心妳那樣有主見，來往都是藝術圈叫的出名號的人，對我家買賣的那些藝術品是不是看得上眼。」

「這樣子。」

「我母親的生意歸她的，妳不想碰藝術圈的東西就不要碰，沒關係的。」

錦文嘴巴閉得緊緊。

「但反正我們就是要結婚的，妳在藝術上那樣有才能有人脈，以後要是不煩那些，妳就幫忙經營我家的畫廊。我媽也是這樣說的，現在只是家小畫廊，如果結合妳的專業，好好經營，將來就可以和那一兩家大畫廊並列也說不定，錢的事情妳根本不用操心。想想，幾年後妳就是一個漂亮優雅的畫廊女主人，不用像妳以前那樣追著什麼前衛藝術家亂跑，一個字一塊兩塊地那樣辛苦賺錢。」

錦文覺得暈眩，覺得自己的身體被挖得虛空，下體又痛了起來。

她就是不想繼續在傷人的藝術圈待著，想結婚想生小孩，她覺得與其貢獻自己的心力去成就狂妄自大的藝術家，自己卻落得什麼都沒有，連感激也收不到，不如專心將自己貢獻給一個丈夫，這樣比較划算。她想當有錢男人背後的小妻子，她寧願被豢養在高雅富裕的婚姻中。

如今，她又要被這個男人推到藝術那邊去，而且是貢獻給他的母親，去經營一堆一堆盡是不痛不癢掛在廁所客廳都沒差的畫作。

錦文還是堅持：「我不想碰藝術的東西，我以後也不想做任何跟藝術有關的事。」

亞倫有點失去耐性，音調高了：「那妳想做什麼？我看妳每天就東晃西晃一個人買衣服逛街而已。」

她勉力維持自尊：「我還需要一點時間，我還在找我想做的事。」

亞倫壓抑怒氣，恢復自持，展開溫柔的微笑，哄小孩似的：「沒關係，又不是要妳一定要這樣做，妳不想要沒人會勉強妳。」

他補了一句：「只是可惜了妳的累積。」

他不勉強她，但時不時就說他們家新進了一批畫，很不錯，要錦文去他們家畫廊倉庫看一下。

錦文一次兩次說不去，幾次下來再拒絕也不是辦法，人就隨著他去倉庫。

亞倫和他母親領著她看畫，一幅幅介紹，這是英國的那是義大利畫家來的。錦文煞有其事地在每一幅畫面前停留，端詳許久。

他們問她這幅比較好還是那幅比較好，錦文說這幅好，亞倫就問她為什麼，為什麼不是那幅。其實錦文覺得差不多。

「這是義大利畫家的新作，他這幾年畫了許多馬匹，馬都是畫家自己莊園養的，他非常愛馬。」

「嗯，這馬很好，很有力。」錦文說：「歐洲繪畫本來就有動物畫的傳統。」後來又去，這次他們家進了好幾件已逝大陸畫家的畫作，拍賣場上正當紅的幾個人。

錦文看了一圈，很認真，她對亞倫的母親與妹妹說：「好難得，如果是真品非常難得。」

出了畫廊，亞倫怒視她，狠狠地問：「妳是什麼意思？我母親好不容易才買到這幾張。」

錦文被他的怒氣嚇壞了：「我的意思是，我又不能對你母親直講，這些畫的來源確認過嗎？」

「妳太過分了，我母親拿畫的來源和那幾家大畫廊是一樣的，妳就看不起我家說我家的東西是假的？」

「我不是那個意思，只是那些畫，」錦文驚慌：「看起來是有點不一樣，我是說要小心，我是好意。」

她就這麼看著亞倫的五官從扭曲又恢復微笑，她每天都看他從情緒爆發的邊緣又按捺住差點就要爆發的憤怒，擠出溫柔的表情。

「我愛妳，妳知道吧？」亞倫問她。

「我知道。」其實她覺得那不是愛，但她害怕。

「有妳在我身邊，我覺得我可以辦到任何事，妳明白嗎？」他深深地望她。

「我知道。」她對他微笑，伸手牽他的手。

她討厭他。她也討厭他其實對她嚴重不滿到想攻擊她，卻每次在發作關頭壓下去，她寧願他發作，他卻不肯，老是在生活小處找她麻煩，像是冰箱裡放到過期的火腿，像是她把粥煮焦了，還有他討厭她看的低俗電視。不過，他找她麻煩她也很得意，這代表她贏了，他知道她不愛他了，光這點，她就徹徹底底贏了。

他們就這樣繼續情緒上的互相殘殺，誰也不說破。錦文覺得，撐到他開始籌備婚禮她就贏了。

亞倫的父母和錦文的父母行禮如儀地見面後，亞倫的母親單獨約她見面。

「你們該準備結婚的事，妳也該準備生小孩了。你們現在窩在那個舊社區的小房子，過這種日子也不是辦法。」

明明這就是錦文要的，事到眼前，她卻躊躇了起來。

「阿姨，生小孩是很重要的事，我不知道我是不是準備好了。」

「生個小孩有什麼難的？」

「生小孩，養育他，是長遠重大的責任，我不知道我能不能。」

「這什麼難的，難道我們家連一個小孩也養不了？」

「我需要一點時間想一想，真的。」

「妳要想想自己三十好幾，要生小孩是極限了，妳和我兒子住在一起，我覺得要負責任，所以你們快點結婚生小孩。」亞倫的母親和他的眉眼相像，濃濃的眉毛壓著雙眼皮大眼睛：「妳要不想結婚不生小孩也行，反正妳年紀比較大，到時候你們倆不成，可別說是我兒子辜負妳。」

錦文不說話。他母親的手機響了，錦文鬆了口氣。

講完電話，她對錦文說：「我今天找妳，妳不需要告訴我兒子。」

當天晚上亞倫一踏進門，錦文就氣呼呼跟他說了他母親的這番話。
他聽了沒有表情。
她等他說話。
「我媽說的，哪一點錯了？」

錦文跌坐回沙發。亞倫和母親比他們自己知道的更為相似，他們是現實世界的常勝軍。他們採攻勢，藏在他們看似平穩、已經接受現狀，甚至已經接受頽勢的穩重態度下。就像亞倫寵她給她支持的態度下，她仍能感受到亞倫其實在觀察，觀察下一波以退為進的最佳時機。事業上如此，感情上亦如此。這讓她無法真正放鬆，她知道那份暫時的親暱包容，都不是真正的接納，只是他以退為進的狩獵等待。
妳給他友誼，他接受，但不以此為終點，他要妳的好感。妳給了他好感，他晚點會要妳的愛情。妳給了他愛情，他晚點會要妳毫無保留，要妳價值的認同。
她縮成一團。就差一點點，就差一步，她就可以得到女人想要的，一個不用擔心未來的家庭，成為一個英俊男人社會菁英的妻子，將來還會成為漂亮子女的母親。

日子不用精算，也會像自動導航儀那樣，開往它要去的方向。

房子亞倫母親現成會給，但亞倫還是在週末不工作的時候，帶著她四處去看新房。

房子看累了，他們散步去找小咖啡廳。

亞倫說晚上一起去他們家畫廊，媽媽和妹妹又買了些新的藝術品進來。

錦文走累了，疲憊便不吭聲。

亞倫猛地甩掉她的手。

「妳對我，妳對我家，妳對我家的事，始終漠不關心。妳為什麼這樣對我們？」亞倫在路上對她咆哮。

「我？你們家的事業我不懂，你說的是你母親和妹妹的畫廊吧。」錦文又累又氣，嗓子不大聲音是冷的：「那是你母親的生意，我說過我不碰藝術。我也不懂，你母親的生意到底跟我有什麼關係。」

「有什麼關係？」他氣到口齒不清：「我告訴妳有什麼關係。妳挑剔這挑剔那，吃要好的穿要好的，妳現在吃的身上穿的所有的，都是妳不想碰的我家的我的父母的生意賺來的錢買的。

「妳從頭到尾就一副看不起人的樣子，只有妳和妳那些搞藝術的朋友才懂藝術，我家的人不懂，我家只是花錢買畫的傻子，你們這群藝術界的人有什麼了不起的自以為是。」他推了她：「我就不相信你們這群自以為搞藝術的，有什麼好優越感的，有什麼了不起的，我就不相信花錢搞一家畫廊有什麼難的，妳他媽的擺得這樣高高在上。」

錦文站在路上發抖，眼淚嗶嗶流了下來。

他瞪著她不動，她也不動。

她委屈憤怒，氣自己怎麼這麼貪心，貪心到要遭受這種對待，她又自我譴責，她究竟做了什麼讓別人家懷恨，她怎麼在不知不覺中傷了人，人家覺得她是個自以為是看不起人的藝術界爛貨，她怎麼會讓人覺得遭到歧視排拒——就如同她在藝術圈裡感受到的一樣。

「唉，妳不要哭，妳哭我就沒辦法了。」他又來了，情緒爆發完就立刻裝作沒事地虐待她，「我說妳兩句，說妳兩句也沒什麼，妳就這樣哭。」

錦文抹乾眼淚，走進咖啡廳，亞倫點了兩人的咖啡。喝完他也識趣，不再提晚上要去他家畫廊的事。

他帶她吃了晚餐，散壽司和清酒，小心伺候著她。

回到家，錦文還是不說話，打開電視，轉到算命節目，動也不動窩在沙發上。

他嘆了口氣，進房取衣物要洗澡。

錦文突然站了起來，砰砰砰大聲走進房間，打開衣櫃，拉出一堆亞倫的衣物，成堆抱著走到陽台，全往下扔出去。

她又走回房拿起他的包包鞋子，再往下扔。

她又走回客廳，把他買來的盆栽往下扔。

他驚愕萬分地看著她風風火火這些行為。

「滾。」錦文心裡越過了那條線，便冷靜堅硬了。

亞倫的眼睛轉圓轉深，不可置信地受傷地看著她。

「我這麼愛妳……」

「滾。」

他瞪她，她也瞪他。

僵持一陣，亞倫拿起車鑰匙走了。
她窩回沙發，看完那天晚上整集的算命節目。

14

我討厭這首情歌

動情而發燙，出神而超越，覺得自己因為藝術經歷絕望而終至淨化的，那簡直神聖的情感消失了。

她再也無法相信藝術是人類試圖與上天溝通的嘗試，也不是曠野中、暗夜街道上、無處可去孤魂野鬼共同的歸依。也從來不是自由的國度，被溫柔海洋包覆的地球，裡頭住著平等的子民。

那裡是富人與無賴的領地。

只有創造者有機會永垂不朽。

一旦她接受了這種命定，她便不接受撞擊也不愛了，但那難得一見的品味眼光都還在。她還是知道誰做了真正的好作品，誰會走紅會賣錢。她可以判斷在創作上誰有真正的才能，誰是哭窮求到掌聲與獎項的贗品。不過，此時的她，覺得這些事情別人永遠不知道也沒關係，這世界也許根本不配知道這些真正的祕密。

這樣的識人之能搭配小小的資本，她知道不足以讓她賺大錢，但也許可以勉力維持一個小規模的展覽空間暨策展公司，不夠仁義道德冠冕堂皇到足以向政府申請補助，也無能成為大企業的顧問。

那個永遠在眼前召喚她往前跑的光，消失了。她也不再伸手去抓就在眼前卻永遠不可得的藝術之光。她只是想活著，可以的話，活得舒服一點。

她覺得自己臉部浮腫地在時間之河兩側坐下，閉眼不看，只是吸吐。不失望也不生氣，內在的正義感也不會受傷，事情只是經過，她只是自尊自重地微笑，面對這個曾經讓她迷惑獻身、奮力溝通卻永遠接不上線的世界。

現在她有點錢也有點力量了，她不想進去這藝術國度了，這圈子反而對她友善了些，她不愛藝術了，反而靠這圈子的核心近了些，她也必須誠實，現在她終於也有點自己是圈內人的踏實感，辛酸又慶幸地，她現在對人說「我們藝術圈的」這話，不心虛了，倒是有種隱隱的自嘲感。

初出茅廬的學生聽她講課，也有的仰慕她，以她為榜樣，說她有份神經質的性感與專業的殺氣，她心裡清楚，對這些年輕人的崇拜一點點感謝與虛榮都不必要，等這些學院的孩子再大幾歲，他們就很快懂得要往金錢權力更源頭溯游而去。那個上流社會閃爍的幻影之光，之燦美之朦朧，與遙遠神話發出的誘人之光，乍看那麼相像，有時近乎重疊。

明維和錦文後來見過一次面，在年少錯開的近二十年後。

明維的簡訊突然出現在她現在的手機：「見面吧。我們來往的朋友不重疊，不刻意約這一生說不定再也見不到了。」

錦文要自己相信那簡訊透露出的不僅是溫情，她寧願相信那是世故後的溫暖寶愛，她也因此揣測明維年輕時的銳利尖刻是不是還在，還是因為對她，特地收拾了起來。

她其實偷偷在心裡存放著許多關於他的模糊訊息，包括他回台之後其實沒真正當成藝術家，他用比藝術家高超的智商與判斷力，賺了不少錢，她聽說他做酒的生意，投資設計公司，賺來的錢投資獲利。她也知道他離婚，兒子歸前妻，每週見面一次，很快要出國念大學。他和後來的女友定了下來，轉眼也十多年，他在房地產市場上幾進幾出，日子過得雅痞寬裕，他買藝術品。

在餐廳裡她喝喜歡的熱清酒，和他說話。他告訴她，信義區的房子剛脫手，他和女友在內湖買了新房子，台東也買了地要自己蓋房子，將來想去定居，也許做個美術館辦展覽。

他說他四十歲就退休了。她知道，他口中的退休就是賺足了一生不愁的錢，可以緩和點過日子，不追著什麼跑。他和女友旅行，也拍照，開始固定去做陶藝與木工，「還是有人問我會繼續創作吧，我其實不知道，好像沒有什麼事情可以激發我要去創作什麼，不過我想我還是會創作，也許會，我也不知道。」

「不知道什麼？」錦文轉頭看坐在身邊的他，趁他思考的時候從他的臉上找老去的痕跡，皺紋斑點都好，然而那似乎又都不是他老去真正的原因。

「不知道要不要創作。」

「這是你可以自己選的嗎，要不要創作？」過了這麼多年，她不是沒這麼想過，聽到他的回答還是教她心驚。但心裡這才有了底，不免遺憾，不是後來她慣常發出的經紀人式的遺憾。

「我很年少的時候就有名就被藝術圈看好。我隨便畫點什麼或拍照什麼，或我隨便寫點什麼，人家都說好棒或好感動，說你好有才華。這些事情，我是說，畫畫攝影寫文章什麼的，對我好容易，可我反而覺得無趣了，什麼好像都會，但也沒有什麼非得要去做不可的感覺。

「我上過班，我知道自己憎恨被體制困住、對世界有理說不清的感覺，我知道在團體裡頭被一群假貨圍攻的感覺，妳知道我不怕小人壞人，但我討厭假貨。我一心想的就是自由，擺脫這些，只有足夠的經濟保障，才能讓我的人生脫離這種恐怖的集體，可以永遠不受困，可以自由。」明維輕輕說：「我這一生再也不要上班，不想被誰宰殺了。」

他點了菸，對送生魚片來的師傅笑，他是熟客，順口問了今天生意，開兩句玩笑。

「身體都是病。我的五十肩每週必須定期復健，每週一次，那個疼痛真是要命。復健師每次都說，再忍一下就好了，再忍一下就好了。就這樣把我的胳膊往外往後翻轉。我不能忍，叫痛了，他就說再忍一下就好。說也奇怪，每次劇烈痛到我覺得手臂要斷了，但過了那個受不了的點，神奇地突然就不痛了。復健師就說，下次可以從這裡開始。」

「不都是這樣嗎，身體裡頭很痛很痛的東西，因為太痛了不處理會死，所以一定會想辦法處理，不弄會活不下去，痛過臨界點，就開始逐步一點一點復健。」錦文說：「反而是有些痛你覺得可以忍受的，你只是覺得不舒服，那種可以忍受不處理也不會致死的，你就不會處理它──那種不會致死的疼痛什麼的，才會跟著你一輩子。」

明維笑了，喝清酒，錦文看到他的細小眼睛突然瞟了她一下，她看到以前讓她最喜歡的瞇瞇笑眼中出現閃爍之光，一丁點的過往，又消失了。

「上個月我和家人吃飯，叫了整桌菜，菜還沒上完，我突然心臟病發作。

「我那時不知道是心臟的問題，以為中風了，突然整個人倒下去。抬上救護車時，我在朦朧中想到我穿著短褲拖鞋，心想如果我這次真死了，就是穿著短褲死的，叫我兒子一定要回家幫我拿長褲來。

「結果是心臟，原來我有心臟病。我問醫生我需不需要戒菸，醫生說沒差。我又問了一次，他還是說沒差。」

錦文被逗樂了：「身為有心臟病、五十肩、難相處、嘴巴狠的批判性大叔，你還算是帥的。」

「我這一生就算都不再賺錢，我身上的錢也足夠花到我死，我的人生在這程度上是感到放鬆安全的。我有合適的伴侶，有成就的兄弟姊妹，人生雖然不是沒有挫折但我覺得人生也還不錯。但我有時候，還是會有種人生究竟要幹嘛的心碎。」

「那是體質了。」錦文低垂著眼睛自己喝酒。

「體質？」

「這種心情與其說是處境或困境，其實是體質。

「你聰明，從小就超乎常人的聰明，你做哪一行都會成為菁英都比人容易脫穎而出，包括藝術，你浪漫敏感，做了點壞事卻又不是壞人。你又不算是真正的善良，還好的善良，過日子偶有反省的那種份量的善良。」錦文抬起頭望著他，誠摯萬分：「這是萬幸，人生之萬幸。」

於是明維告訴她他在台東買地在那邊蓋房子，偶爾他會過去住，拍拍照或是做手工。

錦文說她最近喜歡上英國汽車節目《Top Gear》。

明維說台東別墅那邊他養了一群狗，最喜歡一隻黑色雄厚的大狗。牠對任何人都凶暴，只依他，他每次去都自己為這些狗煮食。

錦文說《Top Gear》的主持人嘴好賤，每輛車都成為玩具似的。

明維說，妳心裡住著野獸。

錦文說，菜還在上哪，可是飽到要吐了。

明維用肩膀輕輕撞了並排坐著的她：「因為妳的臉上還沒出現痛苦狀，這家店沒有菜單，主廚自己上菜，妳臉上還沒苦相，他們不會停的。」

她胃部底層卻在幾近痛苦的飽脹中出現了清明的理解：比誰都要才華洋溢的明維，曾經讓她心動不已的明維，做什麼都會成功的明維，永遠也不會是藝術家，不會是真正的創作者，他們做什麼都會成功，但不是創作者。因為他本質上是個聰明人。

而李翊，以及成千上萬像李翊這樣飢渴的人，在藝術海洋中載浮載沉上不了岸的人，想游卻又游不動，想死也死不了，終其一生他們可能只是二流的藝術家，然而他們是藝術家，因為他們本質上是癡的，是傻子。

她這麼喜歡明維卻不曾真的愛上他，是因為這個嗎，還是因為她意識到自己不愛他，因此終於大過了他，她的眼界見識終於派上用場了？

明維陪她走去開她的車，細雨毛毛雨雨。錦文覺得自己應該開口說點什麼，為這場十幾年來的重逢做一個有趣溫暖的標語，不是告別什麼的，覺得自己應該這樣做才有禮貌，對明維的善意以及自己多年來的迷惘才有禮貌。然而她只是呆，太飽也太累，她已經很久沒和誰相處幾小時這麼久了。她一點也不感傷，走到車旁才要開口，眼睛卻起了濕氣。

她喜歡他賞識他的，除卻年少時那短暫的性吸引力，她是賞識他的。他也知道。不過連這份賞識都不經久，不，其實已經很久了，都好幾個歲歲年年了，褪了色她應該也可以不需要責怪自己善變無法執著什麼。

「我希望妳知道，這些年我的人生或者妳的人生或者不管是誰的人生，錯過了什麼或拋棄了什麼，誰繞了路或丟掉珍貴的東西，我從來都不會覺得真的可惜，沒有東西丟掉了或者沒來得及相遇會讓我覺得遺憾。

「可是，」他伸出食指輕輕抹了她的眼角又點點她的鼻頭，把微微濕的食指尖放在她眼前：「這東西，我覺得遺憾。」

錦文開十年的老volvo，她不想換車，她喜歡沉沉的舊引擎隆隆聲，內裝老式簡樸，沒有電腦系統。她喜歡這輛車，長途開車的時候有種老派穩定的確實，像被熟悉的老朋友包圍。往中南部出差，她若不坐高鐵，就喜歡開這輛耗油的老爺車，夜晚獨自行駛在高速公路上。

她還年輕還寫藝評的時候，聽過一些藝術家抱怨，去經紀畫廊領那個月的錢，下午兩點人就到了，老闆要畫廊經理來說正在貴賓室接待大客戶，要藝術家先在休息室等待，就放他那樣等著。畫廊經理這之間出現過兩次為他添茶水，聊兩句。藝術家在休息室等到了六點半，再半小時畫廊就要打烊了。畫廊老闆這時匆匆進來，拍拍藝術家肩膀，伸手拿支票給藝術家，寒暄就走，說晚餐聚會要遲到了。

當然她也見過才華平庸的創作者，垂死不願改行，瀕臨家破人亡之際，因為突然出現有力的經紀畫廊，三年之內平地起高樓似的，買房換車，原本焦慮的妻子變得富態美麗，肚裡懷著第三胎。

和這些藝術家們，就像萍水相逢的緣分盡了，還在同一個圈子錦文卻怎樣也不會遇見，有的則是人生際遇不同介面不同，他們見到面也不打招呼，人家當妳不相識了。

不過反正她現在只是一個小生意人，太小了，只有錢會傷害她，人不會。

錦文去台中一家建設公司老闆辦公室收帳，他為新蓋好的企業大樓穿廊買畫，他的妻子為家中起居室換畫。櫃台小姐領她到會議室，她靜坐等待時候，想起二十年前股市上萬點時許多建設公司拿還在養著的地蓋樣品屋，把自己買的雕塑放置成落，就當是藝術園區或游移美術館，找批媒體記者與學院教授，洋洋灑灑寫幾篇文字申論公民藝術權與從藝術分享看民主實踐之類的歌頌，便躋身大收藏家之列。

錦文靜靜等待，櫃台小姐又進來，送來一杯咖啡，三合一的。

錦文等到餓了，天色也漸暗，剛進門的酒紅蜜橙的天空轉成星藍夜紫。

八點四十分過後，錦文拿到了支票，從另一位助理或秘書會計之類的小姐手上，收藏家本人並沒現身，儘管收藏家喜歡叫她邀約藝術家組飯局，與藝術家吃飯唱歌說笑，彷彿證明自己是藝術圈內人。錦文這也再度證實自己是行政者，組織活動舉辦活動的人，為戲中人張羅雜事的人，伺候巨星的經紀人，不是參與者，並不是個角。她輕輕笑了，這也是某種程度的為藝術獻身囉。

為什麼不轉帳呢？她記得自己當年問過那位藝術家：「不就是交易嗎，交易不就是公平嗎？既然是你情我願的交易，為什麼要你坐在那枯等，一副乞食之狀，而對方刁你等到尊嚴動搖之時賞飯似的把錢給你？」

那位藝術家當時只是看著年輕的錦文，露出了奇特飄忽還帶著點嘲弄的微笑。啊，那就是了，不是嗎，錦文的問題就是答案本身，她意識到自己剛好把答案說出口了。

錦文拿到支票，不生氣也沒有悲傷，只是快樂地珍惜地，把支票放入酒紅色的皮包夾層，小心翼翼，心裡有點雀躍，維持腰桿挺直，走出企業大樓後忍不住嘴角上揚。

她坐進自己車子，開了一小段路，停在路邊，又從包包拿出那張支票，端詳一番，歡欣甜美地咧嘴笑。

下半年不愁了，她覺得好快樂，覺得自己腳踏實地。

等都等了，錢一定要拿到。

羞恥感？被踐踏？不，她為什麼要這樣覺得？一旦她覺得自己委屈，他們不就得逞？活在這世界，只有你覺得自己受辱了，別人的侮辱才成立。她才不要，錢是她的，生活也是她的，只要她的內在意志、心靈感受不隨著他人的戲碼走，她就是永恆的自由人。

那不是恥，那是一個女人在安頓身心途中遭遇的小小障礙而已。

她的指尖在方向盤上輕輕點著，跳舞一般。車前燈照亮前方三公尺，彷彿這長路上就只有這前方三公尺明白光亮。

一次看見三公尺就好，一步步行。一下子想看太多，想看到盡頭的模樣，人就會怯懦。

她老舊的 volvo 隆隆低低的引擎聲，沉沉奮力運作的馬達，還有厚實的底盤，讓她覺得這車是沉穩的老戰友，是她移動中的家。老車後座有她的深藍色大衣，沒吃完的黑巧克力，細雨毛茸地落在擋風玻璃，開雨刷不開雨刷都尷尬的那種程度。

錦文真是樂了，她開了暖氣又順手開了車內音響，韓式嘻哈，尖扁性感的饒舌歌手反覆唱「I hate this love song......I hate this love song...... I hate this love song......」。

這男生連換氣的節拍都性感。她一邊開車一邊細微地扭動臀部，搖頭晃腦，跟著哼唱，自己在車內開慶功派對。楊梅。林口。

I hate this love song too. 錦文低低地說。

人說時光飛逝，我們便折斷它的翅膀。

Pierre et Gilles 這對媚俗淫邪備受爭議的創作雙人情侶組，正在死後進天堂的隊列中排隊等待，等下在天堂門口要先經過天堂委員會的評審審核，夠資格的人就可以從天堂小巧的入口進去。遠遠地，大家都看到看守天堂的使徒聖彼得在那邊守著，表情肅穆且富有使命感地。

Pierre和 Gilles 竊竊私語，擔心他們生前創作那樣的作品，會不會根本進不了天堂。他們將時尚、消費、宗教、酷兒、流行音樂、藝術史、情色，全放到一個鍋裡煮，放進烤箱烤一塊蛋糕。

他們只喜歡漂亮的人，炫耀的華麗的浮誇的都比無聊的平庸的醜人好，他們自私又殘忍，懷抱一點哀傷就理所當然地四處嘲弄。他們邀請漂亮的名人作為他們攝影的主角，金髮肉彈身著紅綠華服躺在教堂祭壇上化身為犧牲的童女，眼角垂著水晶般的淚，取代聖母，頭頂發出聖光。情色肌肉男模在花團錦簇中化為希臘神祇，渾身是荊棘鞭笞過的血痕，伸出心碎的手想握住離去的什麼，是半勃起的純情主角。有著挑釁翹臀維納斯般的流行歌手，與男舞者組成了聖人家庭，闔家歡團體照中全家人微笑得像塑膠一樣永恆不變。

淫亂到了底就出現了聖光，俗的假的爭議的色情的人工的不可回收的汙染地球的下賤的膚淺的表面的禽獸的，都在這豔極虛華矯飾造作的世界中，袒露胸部托著彼此的生殖器，坐擁華服錦器，妖精淫魔在那狂歡過後的剎那虛無中，閃過秒逝的靈光純真。

眾生嗚咽四起，就連剎那的靈光也是氣勢凌人的，然而那從來不是立地成佛。這兩個妖精的排行榜上，只有漂亮的，鮮豔的，瑰麗的。敗德妖孽的眼睛終究也會有那麼一滴淚，那滴淚要比蒼白正規無趣的體制純真。

「我們這樣還能上天堂嗎？」他們在天堂排隊的隊伍中，揣測不安又忍不住晃了下嬌縱的屁股。其他排隊等候的人都靜默嚴肅，沒人說話，充滿信徒般渴望救贖的虔誠，哪像他們倆輕浮饒舌。

「難道你願意下地獄嗎？那裡只有為惡之人不潔之人，他們遭受綑綁刀砍，只有尖叫與哭喊聲不絕於耳，聽說地獄之王長得驚異醜怪。」

沉默漫長的隊伍緩步前進，天堂的入口就在眼前了。Pierre看到天堂的守門人聖彼得，穿著一身洗褪了色皺巴巴的灰藍長袍，可能因使命感太強或業務繁忙神色疲憊黯淡。聖彼得連看都沒看隊伍中這兩個身穿藍白條紋水手服、奶油色短褲、油亮金黃色捲曲短髮的男人。

Pierre和Gilles趁警衛不察，偷偷閃進天堂內，想趁審核開始之前，先四顧打探一番，看看天堂長什麼樣子，看看成千上萬善男信女想要永世居住的樂園究竟是什麼模樣。

他們倆看到天堂內的人各守本分，下棋、閱讀、修剪花草、掃地，沉默地進行日常生活，這裡的人不吵架也不交談，乾淨整潔，每個人臉上表情一致地淡漠穩定，既不見歡騰也沒有悲傷。天堂的人穿有機棉麻製的寬鬆衣服，灰灰褐褐的，裝潢幾乎是零，牆壁與天花板都是灰白。天堂的菜園整齊平靜，農作物安分地生長。

Pierre踉蹌後退了幾步，心跳加快，捉住Gilles的手：「天堂……天堂……怎麼這麼……灰灰的……天堂只用日光燈管嗎……天哪他們聽輕音樂……」

Gilles也被眼前的景象嚇壞了：「天堂……怎麼會……沒有顏色……這麼……平庸？」

「這就是大家擠破頭要進來的地方？」

聖彼得終於發現了隊伍裡少了兩個人，發動天堂警衛搜尋，追捕聲與奔跑聲窸窸窣窣從四方傳來。

Pierre緊急中問了Gilles：「你想住進這裡，想住在天堂嗎？」

Gilles對愛人輕輕搖搖頭，從驚嚇中找回了一點自信，眼睛開始露出晶光。

「走吧。」Pierre拉起Gilles的手，兩人拔腿就跑，他們不想在灰灰的天堂裡頭接受這裡的審判，也不想被聖彼得抓到。

他們不知方位，迷了路，闖進一片灰白類似的房間與甬道中穿梭。他們見到那頭竟然出現一整面暗紅色絲絨落地布簾，厚重且反射著閃亮飽滿流動光澤，怎麼看，那布幔都不像是天堂灰白色調的東西。他們本能地朝那布簾跑過去，管不了那麼多，又像本能受到吸引似的。

那散發誘人光澤的絲絨布簾將他們倆團團裹住，他們像被捲入了漩渦般轉了好幾圈，奮力掀開，見到了絲絨後的世界。

「啊，是地獄。」嘈雜刺耳的電子舞曲，他們看到頭髮染成天藍粉紅的饒舌歌手，那個舌頭就要被拔掉的時尚天王毫不畏懼地呻吟著：「全世界都想嫁給我……」

他們看到天堂隔壁就是地獄，而地獄裡頭斑斕繽紛豔光四射裝模作樣喧嘩虛華的妖孽，明知酷刑將至仍狂歡唱跳。

「那裡比較漂亮。」Pierre和Gilles相視，手牽手走進去。

錦文和哲民一九九六年在巴黎冒著雪去找Jean Paul Gaultier的旗艦店。哲民身體練得一天比一天厚壯，但是他只練上身疏忽下身，整體看起來像原子小金剛。他們當時還是朋友，現在想想，也許是兩人當時的迷惘相似，以至於臉上露出迷惘的表情也相似，以至於錦文以為他們可以建立友誼。

他們拿著地圖，出了地鐵左拐右轉。路上沒人，他們以為自己迷了路，繞了許久在老舊區域終於見到那華麗戲劇性的店。錦文和哲民朝聖般地踏入，錦文身上軍裝式長大衣，哲民在嫩粉紅的毛衣外套了深灰格紋外套，店裡已經上了部分春裝。錦文一心想買Gaultier的圖騰紋身衣，那薄得緊身得如同皮膚貼在身體上的衣服，讓上半身的肌肉線條清晰浮現，衣服上頭的複雜圖案便如同紋身一樣浮現。

男生的衣服但錦文就是要弄一件來穿，進了店門很快就看上火龍十字圖案。不過她想到自己還要穿內衣，向金髮小姐要了大一點的尺寸：「給我M號。」她看到哲民盯著她手上比劃這件，便問他：「你也想要這件嗎？」

哲民點點頭，平日嘴賤囂張，不知道為什麼突然害羞起來。

錦文於是對金髮小姐說：「兩件，都是M尺寸。」

哲民快速補上一句：「不，兩件不同尺寸，她是M，我是S。」

錦文聽了樂不可支。

除了公立博物館美術館，那個時候還流行成立私人美術館。亞洲金融風暴波及讓好多家小畫廊關了門，實力雄厚的仍然屹立不搖。公立美術館從九〇年代初期就流行舉行國際大展，莫內畢卡索羅丹，和報紙集團的子公司合辦，買票等進場的人環著美術館排到了大馬路上，都說以前必須要搭飛機出國才能看到的大師原作，現在花兩百五在台灣就可以看到了。這裡特展那裡特展，美術館自己反正辦不了什麼大展，就把展場分期劃給不同媒體集團，進口買辦仲介的展覽計畫，大師手稿二線作品都可以成批來，美術館只要等著分門票與衍生商品收入。

錦文與哲民看著趕集似的排隊人潮，展場人山人海呼吸困難的奇觀訕笑：「這年頭屁都可以當策展人了，博物館也不用策展了，公家機關躺著當房東拆帳就好了。」

「總是會排預算買你雜誌廣告吧，你就看在賺錢的份上忍耐幾分。」錦文捏了哲民的手背，哲民主編的藝術雜誌分封面封底還有內文，不同價格分期專案賣。

哲民說：「我們也來策畫國際大展吧，我想清楚了，辦一個十八銅人特展，找十八個裸著上身全身塗金粉的十八銅人，在展場排成一排，觀眾買票進場可以欣賞，若是投幣就完整打一套拳。既國際性又有在地性，既是奇觀又符合與群眾的互動與遊戲性格。」

錦文興奮了：「贊助單位找十八銅人行氣散，開幕貴賓找史上服役最久的阿榮來……」

錦文笑嘻嘻地看著哲民，心想不知道他將來覺醒以後，那份性能量會不會辛辣猛烈，會不會灼燒五臟六腑，中年以後究竟會往妖氣還是靈氣發作。

他告訴她，歷史博物館一樓大廳側的慈禧像，半夜博物館關門後會從畫中起身，活動筋骨，旁邊的太監眾臣也會跟著走動，隨著老太太大跳宮廷舞。

「是國小體操那種團體宮廷舞，還是麥可傑克遜〈戰慄〉那種宮廷舞？」錦文問他。

哲民戳了錦文一把：「死小孩妳！」

她記得有一次他們去波羅的海三國旅行，一個美術館委託哲民雜誌進行專題採訪，哲民邀了錦文和幾位媒體記者與寫手同行。冷得要命的清早，錦文在飯店咖啡廳吃早餐，見到哲民下了樓。她對他招手，他怎樣也不說話。後來知道他夜裡醒來，舌頭頂了頂，門牙竟掉了下來。他困窘嫌難看，整個旅程都不肯開口說話。

錦文現在工作上益發老練，忽冷忽熱的毛病益發嚴重，幾段可有可無的關係也無疾而終。不過，聽人說哪個年輕藝術家常常通稿似的同時發簡訊給好幾位名媛掛的收藏家，或者哪個藝術家追求富二代，喝醉在人家車庫摩搓著瑪莎拉蒂，吐得一地都是，這些再也不困擾她。哲民在台北消失了，在北京另設事業中心，也在那邊買了房。

幾天前他們在藝術家的葬禮上照到面，發了胖的哲民和她的眼睛對到了，卻轉頭只和其他人招呼。這些年都是如此，偶爾他回台北，見到她只有這般裝作不識的情分。她默默地猜想，他的飢渴與優越感與不安，混合得令人心痛又尷尬，像件尺寸錯誤的外套。

錦文在葬禮上鼓起勇氣走近哲民，刻意去擁抱他。

「這次在台北待幾天？有沒有空吃飯？」錦文抓住他的手臂。

「後天上午走，明天也許有空。晚點我確認了明天行程打電話給妳？」哲民輕輕地掙脫了她的手，但是伸手摸摸她的臉。

「嗯，打給我。」錦文輕笑。

「嗯，打給妳。」他走到另一群人加入談話。

錦文知道他不會打電話，但是他這次摸了她的臉，彷彿她仍是當年的小妹妹，這樣很好。

一旦克服創業初始的羞怯艱難，拿到幾個案子，錦文膽子大了點，人也穩重了些，年輕一輩開始喊她姊，仰慕的小輩津津樂道她人至中年，那雙眼睛還作夢似的總是出水望著什麼，朦朦朧朧。其實，她哪裡也沒看，只是失神。

沒人知道錦文的焦慮症益發嚴重，出了家門沒多久就開始胃部緊抽，心裡老想廚房火好像沒關，老想回去確認。

這是老問題，第一次發作錦文還在念大二。課上到一半，她坐立難安，忍不住從教室後門溜出去，跑著出了校門攔輛計程車衝回家。她連鞋都沒脫急著開鎖往廚房去，爐火鍋具平靜安穩地冷靜端坐。她舒了口氣，決定就不回學校上課，甩了球鞋，躺在沙發上，就這樣躺到天黑。

那陣子每隔兩三天她就發作一次，擔心火沒關，老是跑回家。

這種焦慮後來沒緣由地停歇，這兩年又開始。有時候錦文在辦公室開會，胃部翻攪難耐，直想回家確認爐火。有時才上了捷運，她在車廂內緊張地喘息粗重，想下一站就得下車趕回去看。不過她現在益發自覺，每當胃底開始抽動，她的眼前開始演出家中失火面目全非燒成灰燼的模樣，她便提醒自己，這個時候趕回去也來不及了，或者，如果真的燒起來，保全公司早就打電話來通知了。

差不多二十分鐘，她會猛吞口水，接下來就沒事。

她剛考上大學的那個暑假，搭公車去西門町，想去逛唱片行。陽光盛大的下午，紅燈車停，她從車窗由內往外看。

路邊站牌下站了一個瘦高少年，背心與寬大短褲，一邊等車，一邊練習棒球投球的動作。少年氣定神閒，彷彿全世界都在他的氣息之外，獨立成為一個自給自足的小宇宙。他左腳穩踏，身體向後扭轉，自肩胛啟動的右手由背後往前投擲，看不見的球拋出弧線，右腳自然抬起後無聲落地，身體自然前傾。

慢動作的電影一般，一格一格，空氣敬佩地不肯出聲，全世界因為他的清明專注、悠閒自在暫時停止呼吸。少年的存在有力、溫柔而強健，往前投擲一顆看不見的球。

錦文在車窗內看著，被美深深感動，眼睛出水。

她和李翊要好的時候，會夢想未來。除夕下午兩人都從父母家溜出來，見面喝一杯咖啡說說傻話也好。李翊告訴她，她到之前一對中年夫妻才結帳，手牽手地離開，富裕、有品味、有見識，那畫面真是好看，以後他們年紀大了，也要做這種夫妻，自在從容。

「我希望以後吃飯點什麼菜都不需要看菜單價錢。」

「小室哲哉去哪裡都坐計程車，流行音樂教主賺了驚人財富卻還是不開車，堅持到哪都坐計程車，無牽無掛，招手就好。我希望去哪裡都可以招手叫計程車。」

「那也行。」李翊說。

錦文把車停好，上樓脫下洋裝高跟鞋，換上領口變鬆垮的灰色棉衫和膝蓋凸起的運動褲，又搭電梯下樓到7-11，捧著微波的國民便當上樓。她坐在地板上，就著電視上女人互摑耳光搶財產的韓劇吃便當，連飯粒都吃得乾乾淨淨，打了嗝，喝7-11的中杯熱拿鐵。熱熱的液體滑過咽喉、食道進了胃部。這時她才放鬆了點，活動肩頸。

她突然想起以前李翊老要她幫他抓背。

她去找他，他還睡著，見她進房便把上衣脫下，翻過身去趴著，央她抓背。

她不懂抓背有什麼好，但還是繃緊食指成爪狀，用指甲在他背上抓，仔細地從肩膀到下背，一處也不遺漏地抓。抓出了一條條血痕，他才滿足地低呼「好舒服」起身套起上衣。

凝視太久，對象便消失了。

遺忘太久，所欲之物就開始清晰。

眼睛消失，鼻子消失，嘴唇消失，輪廓也消失，讓他們成為永恆的幻象都好，要是落成現實，她此時太過完整，無力承受。

15

00：00

真正的預言者與狂熱信徒所扮演的騙子，區別在哪裡？

真正的預言者對自己的角色感到焦慮不已；狂熱的信徒不會，騙子也不會。

錦文突然覺得自己應該在時空交錯的九〇年代生一個孩子，那個人種堂皇轉換的關鍵年代，產下一子。如今他從高中畢業，剛考上大學。

如果有個孩子，人類基因排序的古老規範便會進駐支配她的生活，可以收束她拚命抑制幾已平息的渴望。雖然她現在也只是哀傷而已。

當她覺得不受牽絆的時候，當她覺得身心前所未有的自由的時候，偶爾會有那麼一兩次突然刺人的痛楚，從髖骨處緊縮。

啊，原來還在，她提醒自己，那點點隱密濕稠的微量黏液。

錦文和同歲的客戶飲酒晚餐，客戶打電話給和孩子一同看完電影的丈夫，要他們開車來接她回家。

錦文見到對街灰色休旅車步下一個身高超過一百八的高壯年輕男人，灰色帽T和卡其嘻哈短褲，雄性昂揚，男人有飽滿而濕潤的雙唇。

男人看著她，沒有表情，濃眉兀自張揚著。

錦文突然動彈不得，怔怔看著男人，從身體下部放射出來的疼痛突然發作，通電一樣攫取了她全身的知覺。

她回神過來才見到年輕男人身後還有個中年男人，熟練出了駕駛座，嗶一聲遙控器鎖了車門。錦文這才發現身旁的客戶不在位子上。錦文見她走近年輕男人，一把狠狠抱住，對中年男人朗聲燦笑：「來啦，你們來啦，電影好看嗎？」

年輕男人耍脾氣似的把頭轉開不回話，男性魅力轉瞬之間全失，起而代之的是孩子氣的賭氣。客戶伸手在年輕男人臉上搓揉一陣子，親暱而富占有性地捏他的臉，她回頭對錦文說：「這是我……」

錦文這才震驚而羞恥地意識到，那是與自己同齡女人的十六歲的兒子，而她剛剛對他產生了欲望。

體制規範、倫理排序如３Ｄ家族樹枝圖像，秒速占滿錦文的腦子。她從出生以來，從來不曾像此刻那麼清晰地意識到社會組織的穩固結構，一時之間鷹架一樣撐滿了她的腦子。過去與威權鬥爭時沒有，與長上爭奪時沒有，男歡女愛時也沒有，背棄根源時也沒有。

這一剎那，她被自己嚇到了。

如果，在很多年很多年以前，她做了不同的選擇，那些社會規矩人常倫理，就會進入她的人生，限制她也鞏固她保護她，使她不至於漂浮，她的身體會變成一棟建築，牢牢架設，她此時的一切，將以地基、鋼筋、水泥、公設比例，以主臥室、客房、起居室、廚房、餐廳得宜地區分間隔，那屋裡會有上下尊卑、遠近親疏之分，支配她與這世界的關係。

那將是充滿結構，循序漸進，是人生得以從平地起高樓的牢固秩序。

她應該在九〇年代生個孩子的。那孩子便也會如剛剛的壯碩少年一樣，生殖力旺盛，毫不自覺自己的金光四射。那個從來不曾存在的孩子會收束她的心性，會收束她無能控制那份突如其來的野蠻欲望。

李翊從美國剛回台灣時，其實找過她。那時候他有別人，她也有別人，兩人沒談過分手就好一陣子各過各的，她以為這就是默契了，沒想到他突然提著行李出現在她門口。那時候她正過著遊蕩的無業日子。他跟她要房子鑰匙，要住下來，她心想住下來之後兩人難道就要定下來談終生婚配嗎，明明早是各分東西了。可是若她先從自己口中講出分手，坦承自己有了別人，倒好像是她先背叛了什麼。她於是給出了鑰匙，終日惶惶不安。

李翊放下行李，睡沙發，人大半時間是不見蹤影的。

他對她怒目相視，不說話，碰到對方刻意避開身體接觸，他刻意發出不耐煩唉一聲才讓開。她也刻意避他，也怒他，覺得不相往來了，怎麼有臉突然出現，她也懷疑他是不是知道她什麼事，刻意出現目的是不讓她好過。

還好他大半時間都不在，三四天不見人，突然出現，一個晚上或一個下午又消失，他也不說去哪。

她覺得惱怒，她又不欠他什麼，怎麼他可以突然進駐她的領地，還給她臉色，彷彿他們還有關係而他還有這個權利似的。

李翊超過一個禮拜不見人影，原本提心吊膽的錦文覺得如釋重負，心想他可能不回來了，開心至極。她想做點什麼來慶祝一下，翻箱倒櫃地翻出ＣＤ盒，一張一張看，拿了張空中補給放進機器，心想陽光閃耀的好日下午，就來老歌歡唱一番。

她轉大音響，在臥房內搖頭晃腦地跟唱，十分陶醉。

她聽到鑰匙開門鎖的聲音，心頭一緊，閉嘴不唱歌，只是聽歌。

她聽到李翊腳步粗重地進門，她幾乎可以感受到他渾身散出的不耐與煩躁，混著挫折感的暴戾。他出現的時候她總是肩頭緊繃全身警戒。她接著聽到他重重地將包包往地上扔，他將他自己扔到沙發裡，沙發發出嘎吱一聲叫。他翻桌上的雜物，拿起又重重地丟回桌上。他打開電視機，扭轉音量。

他把客廳電視機音量又轉大了一點。

錦文還想聽空中補給，也默默把房內音響轉大了一點。

李翊又扭高電視機音量，把什麼東西摔在地上。

錦文悄聲把臥房門關上，咬著牙默默調高房間音響。

李翊這次突然將電視音量調到最大，隔間牆壁與玻璃震到搖晃作響。

錦文委屈萬分，這是她花錢的房子自己卻做不了主。她站起來推開房門，怒罵李翊：「你這是幹什麼？」

李翊反問：「妳才是幹什麼？我看電視妳就是故意要干擾我。」

錦文指著他：「是我先聽音樂你才進門的，你怎麼變成這種樣子！」

李翊耍起流氓：「妳就是見鬼地老要阻礙我的人生就是了！」

錦文覺得這人存心欺侮她，吵架多說都無用，氣急回房，砰一聲把臥房門摔上。

她躺在床上咬著牙，下顎發疼。反正等下他一定會摔門走。

她等到了摔門聲，繃緊的身體鬆了下來。她心懷憤恨，想要不要乾脆跟李翊說明白直到死都不要相見，或是，直接換鎖讓他再也進不來。

她躺著躺著睡著了。

錦文倏地睜開眼，天黑了，沒開燈的房間她一下子什麼也看不到。外面有聲音，她是因為這個聲音警覺醒來的。她的知覺開始恢復靈敏，是開鎖的聲音。

李翊撞進臥房，滿身酒氣，把自己丟在床上，床沉下去。

錦文往牆的方向靠，想離他遠點，乾脆翻過身去，背對李翊。

「我今天喝酒累了，要睡床，妳想怎樣隨便妳。」酒氣濃濁酸臭。

她氣到不吭聲，面牆抱胸把自己縮成一小團。

李翊推了她的背：「怎樣，小姐要相幹嗎？要就來啊，妳別客氣！」

錦文恨極怒壞坐起身來踹他：「渾蛋，這個渾蛋！」

李翊輕笑了一聲，沒理她，他的呼吸愈來愈重。

她由床尾離開，看著床上那沉重的屍體，她知道他被挫折感所折磨，但她恨死了他這種任由失望不得志占領意志的張狂，是個勝必驕敗必餒的莽夫。

她窩在沙發，天要亮才稍闔眼。

她醒來後，李翊走了。這次是真的走了。

她回家的路程中，一個念頭突然浮起，在她月經流量旺盛，天真到陽光穿透白裙露出兩條細長大腿卻毫無自覺的年歲，那些她曾敬之如父、愛之如兄的男人，是不是也曾對她產生過一剎那的痙攣，通電式的、罔顧輩分的、從身體核心放射的荷爾蒙啟動的震撼？那時候他們的震驚悔傷，是不是也隨即跟上腳步呢？

那麼，必然有恨了，他們。

她的海市蜃樓格外不能倒塌。她也只有她眼前有的了。

圓山過站，新的兒童樂園都蓋好了。

黛安娜與查爾斯王子剛約會的時候，狗仔隊追著這位即將成為王妃的幼稚園老師，拍下了一張照片。黛安娜藍衫白裙，對著相機靦腆露齒而笑，但她沒穿襯裙，陽光穿透白裙，相片中她兩條腿簡直是光溜溜地掛在全世界的報紙版面上。

錦文始終知道她和亞倫之間欠缺了什麼，是兩人合一就可以對抗全世界的氣派，是呆坐在馬桶上微笑的癡傻。這些她都沒能給他，而他明白，那種感覺在關係中，一開始沒發生，以後也不可能發生，而那是對他的貶抑羞辱，也成為她自覺而慢性的罪惡。

亞倫結婚前一週，在小酒館和錦文偶遇。他大大方方地坐到她身邊，敞開的笑容讓她覺得寬心，覺得他要迎接未來的人生，因此他對他們以前的事應該都釋懷了。

他們有一搭沒一搭地說話，櫃台新來的小妹妹和他們兩人間歇地聊天。

小妹妹告訴亞倫她多麼喜歡錦文，說錦文是多麼和善的大姊姊，上週還拿來一個紅色皮製提包送她。

亞倫聳聳肩湊向前：「她送的包包妳也敢收啊，那一定是她從亂七八糟滿出來的衣櫃抽出來的不要的東西，壓得扁扁的吧，上頭是不是有壓到的痕跡，還是有之前擤過鼻涕塞在裡頭的衛生紙？」

小妹妹猶豫了半秒，分不清這話裡頭有沒有惡意，後來決定這一定是熟人之間的戲謔玩笑，笑得花枝亂顫：「哪有哪有啦，那包包很漂亮啦。」

亞倫搖搖頭，緩緩斜看錦文，轉頭對小妹說：「哪有哪有啦，我太瞭解這女人了。這女人只在意外面好不好看、漂不漂亮，裡頭亂七八糟。」

錦文尷尬，跟著笑，不回話，只是笑，忍讓得簡直像抱歉。

她不愛他，他還記恨，這就足夠她抱歉了。

16

有了光

遺孀告訴錦文，她自小就對喪禮執迷，特別是以遺孀角色出席喪禮的執迷。要穿什麼出席摯愛的喪禮呢？她想像一個憂傷但有所節制，一張依然憧憬浪漫、溫柔堅強的面容，在喪禮中，這張面孔將代表摯愛回應那些仍在世間的哀悼和禮敬。

她其實不打算結婚的，但不知為了什麼她在米蘭買下黑色面紗，預想的卻是婚禮之後，之後的之後，之後的之後的那場喪禮。黑色面紗之後，她買下黑色套裝，她開始想像太陽底下的尊嚴與優雅，她對這個遺孀形象有著無可自拔的迷戀。

黑色套裝她每年都買，不是問題。她真的結婚後，又去添購了愛瑪仕黑色凱莉包，覺得可以和先前衣櫃裡那些，搭配成為一整套。

她結了婚，因為愛情，因為愛上藝術家夜裡在工作室嚴肅專注創作的側臉，她幾乎可以看見靈魂在丈夫的身體周圍散出白色氤柔光芒，旁邊還有精靈們唱著頌辭跳躍。她夜裡起來看見熬夜的丈夫，以及丈夫身邊的精靈，覺得喜悅充盈全身，她於是悄悄走到陽台，望向山下整夜的城市，只有一兩點燈光未眠，人世沉睡未醒。

「我問我自己，是不是出自我長期對喪禮的執迷，導致我的丈夫真的死去了。」遺孀撫著頸邊那串珍珠幽幽吐息。

直到喪禮結束，丈夫死去的空虛哀傷其實尚未真正來襲，因為籌畫喪禮的細瑣疲勞到現在還糾纏著遺孀的身心，還來不及真正痛苦，其他的恐懼卻先來襲擊。

丈夫的兄弟要求遺孀將丈夫名下的工作室讓渡給家人，無視頭期款是遺孀出的錢，丈夫的兄弟要求清查幾筆保險金的受益人，並主張分配權益。由於看過太多電影與小說中藝術家身後作品價格飆漲的故事，兄弟們憤怒地指責遺孀侵占，要求遺孀必須列出藝術家身後留下的所有作品清單，主張家人才是正統的血脈承繼，遺孀只是外來的女人。他們也無視於遺孀在婚姻生活期間每個月供養藝術家的費用。

兄說，那是夫妻之間的彼此幫忙。就算那是借貸好了，也沒有借據可作證據。

這些爭奪與恨意讓遺孀恐懼，讓她感受到暴力。遺孀找了律師處理，懼怕這些恫嚇，因此找到父權系統中比兄弟家人更威權的代表出面幫忙。這是錢可以動用的權威，而遺孀一直都有錢。兄弟們跳過律師，不斷發訊息打電話給她，要遺孀出面直接面對，不要躲在律師後面，說她若不肯直接面對，就等於向丈夫所有的親人挑釁。遺孀索性把丈夫留下來的作品，委託錦文釐清管理與祕密出售。

「原來妳幻想中的喪禮有陽光。」錦文說。

「有，有陽光，還有綠樹的陰影。」

「啊，」錦文笑了，「像義大利黑幫電影那樣。」

「像義大利電影那樣。」

她們在公園散步，遺孀說：「不過，現實中的喪禮，一切都不照我想像中的那樣發生。」

丈夫死去之後，她忙亂擔起所有責任，從入殮靈堂誦經火化文件資料整理到回顧展的推動，身心緊繃。結果，喪禮的時候她穿著尋常的黑衫便褲，沒穿上任何一件她之前買的東西，現實中的喪禮，只有哀鳴沒有優雅，只有勞累沒有肅穆。

直到這個月她整理衣帽間，發現多年前買的那頂綴有細緻滾邊的小小黑色面紗，這才發現它永遠都派不上用場。

「還有那個黑色凱莉包，我在丈夫生病的時候轉手讓掉了。」

她們兩人走過公園的碎石小徑，繞過露天舞台側邊，轉向花圃前方，彎向前方紅磚道。

「我二十六歲時買了一件白色羅紗高腰洋裝，後背那邊用白色纏繩繞著往頸上綁住固定。我覺得好美，買下來當作日後的孕婦裝。我一心覺得以後可以穿。那白色高腰洋裝就在我的衣櫃放了二十多年，今年農曆過年，我把它清掉了。」錦文說完壓住頭上的深藍色帽子，風往臉上正吹，她閉起眼睛，享受似的。

在那之前，錦文幻想過婚禮，她倒沒有什麼關於白紗禮服樣式、婚禮花束的幻想，她執著在婚禮的音樂而已。

她還是女童的時候和表哥表姊一起吃泡麵。父母遠行，她被託管在外婆家，平常沒有伴，她特別黏著已經是少年的表哥表姊。表哥在泡麵鍋裡多放了青菜、打了蛋花，她就覺得表哥實在能幹得不得了。他們三人端著碗上餐桌上吃泡麵，一邊看電視，播的是空中補給的演唱會。大概是空中補給要來台灣開演唱會吧，因此這邊的電視台才會播放國外演唱會實況，還將每首曲子的歌詞都翻譯成中文字幕。

錦文發現新大陸一樣地看著每一首歌的歌詞，相當受到震撼。

我在床上躺著，頭枕著電話，想你想到心痛，我知道你也痛苦，但我們無計可施。沒有你我的人生算什麼？我獨自玩味著過往，原以為時間療癒了傷口，沒想到對你的思念纏繞不走，我用了身體的每一個部分來試著遺忘，但只有你能填滿我內在的空洞。

錦文盯著電視上的字幕，看著空中補給主唱流了滿頭汗飆拉高音，感到十分驚訝。她軟軟細細地小聲問表哥：「這唱歌的男人好可憐哪，這些歌，每一首都好可憐，一個人怎麼會喜歡另一個人到這麼可憐的程度啊？」

表哥吃麵看螢光幕，沒理會錦文。

表姊倒是搭腔了：「是吧，好可憐吧，這歌詞也讓我覺得愛得好可憐。」

錦文留在外婆家過夜，和表哥表姊睡同一間房，因為寒假，大家都不用上學，錦文是小學生，表哥表姊都是國中生。

第二天睡醒，錦文還趴在床上發傻，還沒回神，不想刷牙洗臉，她發現表哥已經醒了，並不在房間內，表姊醒了但還躺著。

表哥突然推開門叫表姊起床，在錦文還沒理解究竟發生什麼事情的時候，表哥表姊吵了起來。為什麼而吵架，錦文完全不知道，或是，她事後完全想不起來。她只記得，表哥和表姊兩人吵著吵著，表哥動手打了坐在床上的表姊。

表姊還手，兩人四隻手毆來打去，表哥抓住表姊的頭髮扯。他們互相抓著打著好一陣後，表姊尖叫大哭，表哥破口大罵，表哥生氣地推了表姊一把走出房間。

錦文看到表姊坐在床上，像個棄婦，哭了起來，表姊淡粉色的睡衣領子因為剛剛的打架歪斜，露出一邊裸白的肩膀。

表姊咿咿呀呀地乾乾嚎叫，一直到聲音漸弱之後，眼淚才流下來：「打我打我，他打我，我還特地穿了這件漂亮的睡衣，想說可以漂亮一點，漂亮一點給他看，他竟然打我……」

錦文嚇得動彈不得。這是兄妹之間的打架嗎，為什麼看起來比較像是夫妻的牽連。

錦文噤聲，害怕得縮回棉被內，躲著不敢出來。

不過，不是因此她才想要在婚禮中聽到空中補給的歌，不是這個原因。

幾個月後，錦文在家看電視，看美國妙齡小姐選美比賽。

初選之後，接著是泳裝、休閒服、機智問答，最後是壓軸重點晚禮服項目比賽的登場。通常在晚禮服比賽後，大會才加總評分，宣布名次。

各州的妙齡小姐穿著搖曳拖地的晚禮服出場，主持人在甜美的歌聲中，宣布今晚由海軍軍官學校的男子列隊迎接進入決賽的妙齡佳麗，而那背景的歌聲，就是空中補給。

年輕海軍軍官站成兩排，每人從腰際拔出軍刀，在頭頂上兩兩交叉，形成一個由軍刀劃成拱形的長廊。妙齡佳麗唱到名後，就以晚禮服扮相，走進由軍官與軍刀護持的走道，鵝黃、粉紅、寶藍、純白、嫩綠，每個女孩鄭重走進來，微笑招手，盡頭有位穿著純白色軍服、金髮、露出潔白牙齒的年輕軍官等著，挽起佳麗的手，護送她到舞台就定位。

飄飄走過，下一位走入，嫣然而後佇立。

在這片裙襬飄動盪起的小小浪花中，錦文聽到了空中補給唱著。妳是全世界唯一的女人。在平凡無聊的小鎮，每晚胡混，但從未真正陷入愛情，我在匆忙的世界張望，每晚入睡前嘲笑自己，每天早晨寂寞地醒來，這樣的小鎮會把人逼瘋。但妳出現了，一切都不同，都有了意義，因為，女孩啊，這世上唯一的女人就是妳。妳是幻想，是我的真實，是我的一切。

錦文甜甜地對著電視笑了起來。

對了，就是這一首。

如果將來有婚禮的話，如果將來可以被一個男人用這種榮耀充滿占有欲的方式許諾終生護持的話，那就要這一首歌才行。

捷運過竹圍，錦文竟然對著車窗甜甜笑起來。

皮包震動，錦文從裡頭摸出手機打開來看，眉皺了起來。

剛剛那個唐裝男竟然傳了簡訊：「就算不交往，我們也還可以當朋友吧，妳不至於因為我不交往就生氣吧。」

錦文吸了口氣，把簡訊刪掉，把剛換沒多久的蘋果手機丟回皮包。

她低頭看著自己的鞋尖。

她回想起B.B.Call的年代。

那時候女生把小黑盒子放皮包，嘲笑把小黑盒掛在腰帶上的男人，每個看起來都像跑業務的。每當小黑盒震動，青年男女就按照上面顯示的號碼打電話：「我是XXX，請問剛剛誰打呼叫器嗎？」

沒有手機的年代，還沒從類比進入數位的歲月，路邊還有公共電話，有的餐廳店家還設有投幣的公用電話。

年輕人之間發明一些數字暗語，當時沒有手機簡訊，更沒有通訊軟體，520是我愛你，530是我想你，號碼後頭加上505代表SOS，很緊急請回電話。也有情侶或好友共用同一個呼叫器號碼，每人設定自己的代碼，要求朋友打呼叫器的時候必須在留下的電話號碼後頭加上代碼，以供辨識究竟找誰。

情侶間共用一個號碼最常見，代碼還可以當作彼此之間示愛的呼喚。像是一組只有彼此知道的密碼。

錦文也曾和一個男生分享過呼叫器號碼，對方設定代碼66。只要她打自己的呼叫器，輸入66，他便知道她在呼喚他。每當她的小黑盒震動，上頭出現的號碼尾端加上66，她便知道那是他的朋友找他而不是找她。

兩人共用一個號碼有種親密感，當然也有隱私被剝奪的些許不適。幾個月後，用錦文呼叫器來找男生的人逐漸消失。她用代碼66呼喚他，他也不回電了。那個呼叫器號碼似乎又回到她一個人使用的狀態。但是她還是不時試著呼喚他。

她撥打自己的呼叫器，輸入他的代號，一會兒見到自己的小黑盒震動閃光，浮現66。她靜靜坐在家中電話旁，什麼也不做，只是等待。

有幾個夜裡，人魚花鳥都睡著後，她光著腳丫摸到電話旁，又撥了號，呼叫對方。

深深重重的黑暗中，她見到自己的小黑盒震動，發出微光，上頭顯示66。

隨著手機的問世，錦文在李翊的陪伴下，盯著櫃台小姐拿出香檳色小海豚和孔雀般多彩的易利信，在兩者之間猶豫不決。年歲很快又流過，她接著去買了有智慧、會拍照、可聽音樂、下載新聞與旅行資訊APP的手機。使用有智慧的手機後，誰的電話她都背不起來，有智慧的手機要說我愛你我想你變得很容易，傳個簡訊貼圖就好。

於是，隨著時代輪盤的推碾，看電影看到一半突然B.B.Call震動，女孩掙扎著究竟要不要中斷電影跑出去找公共電話的窘境，成為遠古時代的事。

錦文有個長得漂亮卻怎樣都沒辦法與誰交往的朋友，她開了一家服裝店，日日與時尚款式細緻衣料作伴，她是錦文見過極其漂亮自尊卻極其低落的女人之一。

錦文後來下了決心回藝術界，封筆不寫藝評，只做藝術買賣與策畫活動，賺藝術錢後，她休閒時間主動去見面打發時間放鬆的朋友，反而多不是藝術界人士了，她怎樣都不想聽人談藝術了，那是她的工作，是吃飯賺錢以獲得老來退休尊嚴基金的方式，那不是靈魂的歸所。

錦文有天在那女性朋友店裡喝茶，她突然問錦文：「妳覺得我有沒有什麼地方不一樣？」

錦文端詳她的臉好半晌，搖搖頭。

「仔細看啦！」

錦文放下茶杯，再看一次，不像打了肉毒桿菌，也肯定沒換了髮型哪。

女生忍不住自己先搶話告白：「妳進門這麼久都沒發現我去做了鼻子喲？」說完忍不住哈哈大笑：「啊這樣是說我做得很自然，還是說我根本就是白花錢人家根本看不出來？」

「妳鼻子本來就很高，是為了什麼還要去做鼻子啊？」

「高歸高，但我對它的形狀還是有點不滿意，欸我沒告訴過妳嗎，我從小就下了決心，我長大後要做鼻子。前幾天我回家還叫我爸看，跟他說我做鼻子了，他指著我哀哀叫，叫了半天也沒事，大家一起吃飯。」

「妳很無聊耶妳。」錦文指著她罵。

「諮詢的時候，醫生問我要哪款鼻子：要自然的還是要美的？」她說：「我想想，反正都花一樣的錢，墊高點更划算，就跟他說要美的。」

那有著圓大眼睛與雪白胸部的漂亮女生，有時會作態哀嚎她怎麼老沒機會戀愛，甚至連床都沒得上。錦文覺得，其實她根本沒辦法相信自己會真正被誰愛。那漂亮女生開始看韓劇後，變得非常快樂，宛如體內兀自生出自體循環的小宇宙，自給自足，再也不需要仰賴著誰或等著誰來愛。她每看一齣戲就覺得自己和劇中高帥專情的歐巴戀愛，那身心同步發動的激烈，思念與燃燒如同真正戀愛，不，比真的戀愛更好，因為，歐巴不會傷害妳。

漂亮店長因為《繼承者們》喜歡上李敏鎬，她說自己作了春夢，夢中和李敏鎬打得火熱，她加入手機line上頭李敏鎬的台灣官方帳號，如此一來就可以定期收到李敏鎬的活動訊息。

「我昨天和李敏鎬通line。」她一邊整理看過的雜誌一邊告訴錦文。

「那個是官方粉絲團帳號，妳神經病嗎，才不會有人回妳。」錦文瞪大眼睛喝斥她。

「可是他真的回我line了。」

「哪可能！」

漂亮女人眨著大眼睛，錦文早就習慣那張臉蛋活潑表情豐富，但她那雙孩子氣圓大的雙眼非常驚人，有時候簡直可怕，常常在夢幻可愛的眨眼後，出現令錦文驚異的老練，有時則沉靜如湖面。

她把自己的手機遞給錦文，錦文看著她和李敏鎬的對話。

「夜深了，我很想你，今天白天台北好熱哪！」她傳訊息給李敏鎬。

「最近我正忙拍連續劇《神醫》，會以帥氣將軍的模樣跟大家見面，敬請期待吧！」

「韓國和俄羅斯那場足球賽你看了嗎？我看了轉播，要是能和你一起看就太完美了。」

「光是想到妳就會有滿滿的力量，謝謝妳一直在我身邊支持我！」

「你在幹嘛？」她問李敏鎬。

「我不會寫情書，但是我會寫出充滿愛的真心字句……」

「我昨天落枕。」

「今天天氣好，好想和妳一起去野餐！」

「我去睡了，晚安。」她想睡覺。

「最近我正忙拍連續劇《神醫》，會以帥氣將軍的模樣跟大家見面，敬請期待吧！」李敏鎬重複了。

錦文有點顫抖，想找些刻薄的話奚落她以免自己的眼淚迸出來，可是錦文做不到。女孩肯定察覺到了，她立刻擺出耍潑發狠的臉色：「怎樣怎樣，妳看他真的line我了啦！」

錦文想起遠古時期深夜裡孤單發光震動的小黑盒。

大家都在黑暗汪洋中這麼拚命地呼喚了自己。

神話都破碎走遠了，在看不到的時光的另一端。意識與無意識，理性與非理性，歷史與未來，究竟要用什麼來統整這些碎片？想一場夢，想像自己是這神祕浩瀚的一部分，想到蜉蝣也永恆。

棄鬼之身也得活完一遭。

對虛妄的執著，為幻象而獻身。她的骨骼、肌肉、筋脈、血管、毛髮，曾經那樣飽張精血充滿氣力，飛向就在眼前的盛大太陽。

追著眼前烈日奔跑，狂熾熱焰融化地球，她死命追著，彷彿全世界只剩下自己，在昏熱飢渴中向前，跑過了這輪紅日，眼前還掛著一輪紅日，這輪紅日之前還有另一輪紅日高掛，那麼多太陽倨傲熊熊燒著火。她的神氣燒盡，只剩下乾燥緊縮的心臟虛弱急躁地跳動，她的眼睛還緊緊盯著眼前的太陽，還有前頭的太陽，以及前頭的另一個及另一個太陽。

當然她也曾想望過太陽都沉沒，月生滄海，吸納所有昨日的紛飛閃爍，碩大沉靜，光華自生，還有一絲神祕的清涼。

人生最大的幻象，莫過於藝術與愛情，她曾為此奮不顧身，撲火一般，卻始終是個圈外之人。

至於，是不是身外之物，她不敢說了。

活成這世界，但不屬於它。

那光，她明明見過的。

錦文不禁問自己，她是否真正奮力介入了自己的命運？

彷彿只是多年前某個清潔和煦的早晨，她推開了門，便過著他人的生活。

究竟發生了什麼事？

彷彿深深地愛過什麼，卻什麼也想不太起來。

她再也無法抵抗疲憊似的，在捷運車廂內嬰兒似的哭了起來。抽抽噎噎，悽悽楚楚地不顧一切。

車停門開，一個年輕男人進來，錦文抬頭與那男人四眼對視。

白淨單眼皮的俊朗男人見到眼前這女人滿臉是淚，鼻眼通紅，男人本能低下頭移開視線，卻像受到什麼吸引似的，男人又抬起頭，隔著一段距離，與錦文面對面望著彼此。

錦文的鼻涕眼淚全黏在臉上，表情還停在剛剛哭泣時五官皺起的模樣，像張受到驚嚇的兒童鬼臉，她彷彿無言地渴求著幫助，隨後又因為意識到自己這種渴求注定無望而感到痛苦。

錦文的淚又湧了出來，男人目不轉睛看著哭泣的女人。女人瘦弱挫折，眼睛浮腫，臉上的妝花得面目全非，她有種一折就斷的氣質，搖搖欲墜卻抗拒執拗。男人的瞳孔突然因驚愕而張得圓大，因為見到台北捷運車廂出現了異象：女人身後出現了光，先是詭祕隱晦不確定地閃著閃著，像翅膀初伸張時肌肉微弱一動一動的嘗試，倏地它化成華盛榮美的銀白光圈，毫無忌憚地映射，發出一億燈管同時啟動的嘶嘶聲，瑞明燦美到夜也成了白晝，它壓倒性且柔慈地將女人包覆環擁。

但女人看不到身後，對那光不知不覺。

女人濕濕黏黏，踉蹌起身。

到站了，錦文想，下車走走也好。

文學森林 LF0060

生活是甜蜜

作者
李維菁
小說家、藝評人。著有小說集《我是許涼涼》（台北書展文學大獎）、《老派約會之必要》。藝術類包括《程式不當藝世代18》、《台灣當代美術大系議題篇：商品・消費》、《名家文物鑑藏》、《我是這樣想的——蔡國強》、《家族盒子：陳順築》等。

封面照片：
藝術家陳慧嶠作品《雲端／Beyond the Tree》（二〇一二年）

封面設計　謝佳穎
責任編輯　詹修蘋
行銷企劃　傅恩群、王琦柔
副總編輯　梁心愉
初版一刷　二〇一五年八月三日
初版七刷　二〇二〇年十月十九日
定價　新臺幣三三〇元

ThinKingDom 新経典文化
發行人　葉美瑤
出版　新經典圖文傳播有限公司
地址　臺北市中正區重慶南路一段五七號一一樓之四
電話　02-2331-1830　傳真　02-2331-1831
讀者服務信箱　thinkingdomtw@gmail.com
部落格　http://blog.roodo.com/thinkingdom

總經銷　高寶書版集團
地址　臺北市內湖區洲子街八八號三樓
電話　02-2799-2788　傳真　02-2799-0909
海外總經銷　時報文化出版企業股份有限公司
地址　桃園市龜山區萬壽路二段三五一號
電話　02-2306-6842　傳真　02-2304-9301

生活是甜蜜 / 李維菁[作]. -- 初版. -- 臺北市：新經典圖文傳播, 2015.08
288面；14.8×21公分. --（文學森林）

ISBN 978-986-5824-45-7（平裝）

857.7　　104011922

本書獲 NCAF 國｜藝｜會 創作補助